Virginia Woolf

Virginia Woolf

雅各的房间

Jacob's Room

〔英〕弗吉尼亚·伍尔夫 著 蒲隆 译

上海译文出版社

Virginia Woolf
JACOB'S ROOM
封面源自 Vanessa Bell 作品

图书在版编目(CIP)数据

雅各的房间/(英)弗吉尼亚·伍尔夫
(Virginia Woolf)著;蒲隆译. -- 上海:上海译文出
版社,2025.4. -- (伍尔夫文集:2022版). -- ISBN
978-7-5327-9777-6

I. I561.45

中国国家版本馆 CIP 数据核字第 2025QY1540 号

雅各的房间
[英]弗吉尼亚·伍尔夫 著　蒲隆 译
责任编辑/顾真　装帧设计/张志全工作室

上海译文出版社有限公司出版、发行
网址:www.yiwen.com.cn
201101　上海市闵行区号景路 159 弄 B 座
苏州市越洋印刷有限公司印刷

开本 850×1168　1/32　印张 9　插页 6　字数 104,000
2025 年 4 月第 1 版　2025 年 4 月第 1 次印刷
印数:0,001—8,000 册

ISBN 978-7-5327-9777-6
定价:69.00 元

本书中文简体字专有出版权归本社独家所有,非经本社同意不得转载、摘编或复制
如有质量问题,请与承印厂质量科联系。T:0512-68180628

一

"得了，"贝蒂·佛兰德斯写道，把鞋跟往沙里踩得更深了一些，"看来只有走了。"

淡蓝的墨水从金笔尖缓缓地涌出来，把那个句号洇没了；因为她的笔就在那里扎着；她眼神凝注，慢慢地泪水盈眶了。整个海湾在颤抖；灯塔在摇晃；恍惚中，她似乎看见康纳先生小游艇的桅杆如同阳光下的蜡烛一样变弯了。她赶快眨了眨眼睛。凡是事故都令人害怕。她又眨了一下眼。桅杆直直的；波涛匀匀的；灯塔端端的；只有那墨渍已经洇开了。

"……只有走了。"她念道。

"算了，如果雅各不想玩就算了，"（她大儿子阿彻的影子落在了信纸上，落在沙滩上，显得蓝幽幽的；她觉得冷森森的——已经是九月三日了）"要是雅各不想玩。"

——多讨嫌的一团墨渍！天一定不早了。

"那臭小子到底在哪儿呀？"她说，"我就是见不着他。快点跑去把他找来。叫他马上来。""……不过庆幸的是，"她信手乱写一气，再没有管那个句号，"一切安排似乎还差强人意，尽管我们挤得像一个桶里的鲱鱼，不得不把婴儿床竖起来，这么做房东太太自然不会允许的……"

这便是贝蒂·佛兰德斯写给巴富特上尉的信——厚厚的一叠，洒满了伤心泪。斯卡伯勒离康沃尔有七百英里：巴富特上尉在斯卡伯勒：西布鲁克已经死了。泪水迷蒙了双眼，花园里的大丽花翻着红浪；玻璃暖房光芒耀眼，厨房装点着许多明亮的小刀；教堂里奏起了圣歌的旋律，佛兰德斯太太弯下腰，俯在幼小的儿子们的头上；泪水涟涟，教区长的妻子贾维斯太太见状不禁思量：婚姻就是一座堡垒，寡妇们则在野地里孤独彷徨，时而捡起几粒石子，时而捡起几根金黄的稻草，孑然一身，无依无靠，真可怜！佛兰德斯太太守寡可有两年了。

"雅——各！雅——各！"阿彻大声喊。

佛兰德斯太太在信封上写上"斯卡伯勒",又在字下使劲划了一道粗线;那是她的故乡;宇宙的中心。可邮票呢?她在包里搜了一通;又把包口朝下摇了摇;随后在衣兜里摸。这一连串动作来得急切,连头戴巴拿马帽的查尔斯·斯蒂尔也停了手中的画笔。

如同一只易怒的昆虫的触角,他手中的画笔毫不含糊地抖着。那女人坐不住了——看样子要站起来——管她呢!他在画布上急匆匆点了一笔,深紫色的一块。整幅风景正需要这么一笔。要不色调太苍白了——层层灰色溶成了浅紫,一颗星儿或一只白鸥就这样挂着——苍白如旧。批评家们将会如是说。他只是一个无名之辈,办画展无人问津,由于表链上有个十字架,倒是深得房东孩子们的欢心,只要房东太太们喜欢他的画,他就非常知足了——她们常常是喜欢的。

"雅——各!雅——各!"阿彻大声喊。

虽然对孩子着实喜欢,这聒噪声仍惹恼了斯蒂尔,他

一　3

烦躁不安地在调色板上点了些小黑圈。

"我看到你弟弟了——我看到你弟弟了。"斯蒂尔点着头说,这时阿彻慢吞吞走过他身旁,拖着铁锹,瞪着戴眼镜的老绅士。

"在那儿——岩石旁边呢。"斯蒂尔嘴里咬着画笔,说话含糊,手里挤出一堆赭黄颜料,可眼睛始终盯着贝蒂·佛兰德斯的背影。

"雅——各!雅——各!"阿彻大喊。呆了秒把钟,他又慢吞吞地往前走去。

这声音别具伤感。既无实体,亦无激情,孤零零地飘进这个世界,无人应答,撞击在岩石上——这样响着。

斯蒂尔皱了皱眉;但对黑色的效果颇为满意,"——正是这一点把其余部分协调起来了,嗯,五十岁学画还可以!有提香……"如此念叨着,找到了合适的色调,一抬头,却惊恐地发现一片乌云笼罩了海湾。

佛兰德斯太太站起来,把衣服两边的沙子拍掉,拿起她的黑阳伞。

一块块岩石犹如远古时期的什么东西,涌现在沙滩上,极其坚硬,呈棕褐色,或者不如说是黑色,这是其中的一块。岩面粗糙,因为上面布满了起棱的帽贝壳,疏疏落落地散布着一缕缕干海草,一个小孩必须叉开双腿,心里有股豪情,才能爬到顶峰。

但就在岩石顶上有一个积满水的坑,底下是沙子;边上粘着一团水母和一些贝类。一条鱼倏忽窜过,黄褐色海草在边上构成了一条飘带,带出了一只乳白壳的螃蟹——

"哇!好大一只螃蟹。"雅各嘟哝道——两条细腿开始在沙上行走。抓住了!雅各把手伸入水中。螃蟹凉丝丝的,轻飘飘的。可沙子把水搅得稠糊糊的,于是他爬了下来,木桶提在身前,雅各差点跳起来,因为他看见一对硕大的男女直挺挺地并排躺着,脸通红通红的。

一对硕大的男女(天快黑了)并排躺在那儿一动不动,头枕手帕,距海只有几英尺之遥,两三只海鸥优雅地掠过涌来的海浪,落在他们的靴边。

花手帕上的两张大红脸向上瞪着雅各。雅各也向下瞪着他们。雅各小心翼翼地抱着桶,然后故意跳了起来,起先漫不经心地小跑，海浪涌上来，他匆忙闪开，步子加快了，海鸥在眼前惊起，又在不远的地方飘落下来。一个粗壮的黑女人坐在沙滩上。雅各朝她奔去。

"阿姨！阿姨！"他气喘咻咻，抽抽噎噎地喊着。

海浪打着她。她原来是一块岩石。她周身是海草，一受冲击，海草便呼呼作响。雅各茫然。

他伫立在那儿，脸色逐渐平静。他差点狂叫起来，原来崖下黑簇簇的树枝和禾秆丛中有一块完整的头骨——大概是牛的头骨吧，反正是一块头骨，也许还会有牙齿哩！他仍在抽泣，但已经心不在焉了，他跑得老远老远，把头骨捡起来抱在怀中。

"他在那儿！"佛兰德斯太太喊着，绕过岩石，很快跑过了沙滩。"看他拿的是什么？雅各，放下！马上扔掉！我就知道不是好东西。干吗不跟我们一起？淘气鬼！快把东西放下。两个都给我过来。"她忽地一转身，一手抓住阿彻，一手摸着找雅各的胳膊。他往下一蹲闪过去，顺手捡起了那块散落下的羊颚骨。

挎着包,抓着伞,牵着阿彻的手,还讲着可怜的柯诺先生被火药炸瞎一只眼睛的故事,佛兰德斯太太急匆匆地走上那条陡坡路,可心灵深处的一丝隐忧总难释怀。

在离那对情侣不远的沙滩上,扔着老绵羊没了下颚骨的头骨。干净、洁白,风吹,沙磨,康沃尔海岸再没有比这更洁净的骨头了。海滨刺芹会从眼窝里长出来;它会化为粉末,或者有朝一日某个打高尔夫的人把球击过来,会撒上一点尘土——不,公寓里要不得,佛兰德斯太太想。带着小孩子们大老远来这儿,真不容易,连个帮忙打开婴儿床的男人都没有。而雅各又那么难管;已经犟得不行了。

"扔掉,宝贝!听话。"走上大路时,她说;但雅各身子一扭溜开了;起风了,她松开帽夹看着大海,又重新夹上。风更大了。海浪表现出暴风雨前惯有的那种不安,犹如一个不安分的生灵,浑身不自在,期盼着一顿鞭打。渔船向水边靠去。一抹淡黄色的光划破紫色的海面;又合上了。灯塔亮了。"跟上。"贝蒂·佛兰德斯说。阳光照耀着他们的脸，也给那片大黑草莓镀了一层金，黑草莓从树篱里伸出来，颤悠悠的，他们走过时，阿彻试图折上一枝。

"别磨蹭，小子们。你们再没有鬼把戏可变了。"贝蒂说着，拉了他们一把，怀着惴惴不安的情绪望着，花园的暖房里突然灯火闪烁，在这闪亮的夕照下，在这撼人心魂、躁动不安、生机勃勃的色彩里，红黄交错，变幻不定，大地显得妖冶无比，面对此情此景，贝蒂·佛兰德斯心潮澎湃，不由得想到了自己的责任与危险。她抓紧阿彻的手，步子沉重地爬上山坡。

"我让你们记住什么？"她问。

"我不晓得。"阿彻说。

"现在我也不晓得。"贝蒂说，幽默而简短。满脑子的事务，常识，迷信，随意的做法，时而惊人的大胆、时而幽默诙谐、时而多愁善感纷然杂陈，谁能否定怀有这种万念俱无的心境呢——谁又能否认在这些方面女人个个都比男人更胜一筹呢？

好吧，先说贝蒂·佛兰德斯。

她把手扶在花园门上。

"那块肉!"她惊叫着把门闩使劲抽下去。

她全忘了那块肉。

此时,丽贝卡站在窗前。

晚上十点钟,一盏大油灯点在桌子中央时,皮尔斯太太前屋的空旷就显露无遗了。耀眼的光落在花园上;径直划过草坪;照亮了一只孩子用的木桶和一株紫菀,一直射到树篱上。佛兰德斯太太把针线活搁在桌上。有几大轴白棉线,钢架眼镜,针线盒,一团缠在一张旧明信片上的棕色羊毛线。还有一些宽叶香蒲和几本《河滨》杂志;以及被孩子们的靴子踩得沾满沙子的亚麻油地毡。一只大蚊子在角落间飞来飞去,结果撞上了灯罩。风吹着雨扫过窗户,灯光一照银光闪烁。一片叶子不停地敲打着玻璃。远方大海上雨急风骤。

阿彻睡不着。

佛兰德斯太太俯在他身上。"想想仙女,"贝蒂·佛兰德斯说，"想想那些可爱的鸟儿待在自己的巢里。闭上眼，瞧鸟妈妈嘴里叼着虫子。转过身，闭上眼睛。"她喃喃低语，"闭上眼睛。"

公寓里似乎全是哗哗的流水声；蓄水池外溢了；水冒着泡儿，发着声儿，沿着管子流，顺着窗子淌。

"哪里的水在流？"阿彻嘟囔着。

"不过是放洗澡水罢了。"佛兰德斯太太回答。

门外"啪"地一声。

"那条船不会沉吧？"阿彻睁开了眼睛说。

"当然不会，"佛兰德斯太太说，"船长早就上床睡了。闭上眼，想着仙女们在花下睡得正香。"

"我想，风这么大，他肯定也睡不着。"她对丽贝卡轻声说。丽贝卡就在隔壁的小房间里，弯着腰坐在酒精灯前，屋外的风横冲直撞，酒精灯小小的火焰却宁静地燃着，一本书立在幼儿床边遮住光线。

"他奶吃得好吗？"佛兰德斯太太小声问，丽贝卡点了点头，走到小床边，把被子往下拉拉，佛兰德斯太太俯过身，焦急地看着熟睡了还眉头紧皱的孩子。窗户晃动起来，丽贝卡蹑手蹑脚地过去把它插紧。两个女人俯在酒精灯上面低语，商议着哄孩子、好好吃奶这种永恒的伎俩，此时，风更狂野，把窗户廉价的插销猛地一拧。

两个人都扭过头看了看幼儿床，噘了噘嘴。佛兰德斯太太走到床边。

"睡着了吗？"丽贝卡看着床，悄声问道。

佛兰德斯太太点了点头。

"晚安！丽贝卡。"佛兰德斯太太小声说，丽贝卡管她叫"夫人"，尽管她俩都是想着法子哄孩子、好好吃奶这种永恒伎俩的阴谋家。

佛兰德斯太太一直亮着前屋的灯。那儿放着她的眼镜，针线活，和一封盖有斯卡伯勒邮戳的信。她也没有拉上窗帘。

灯光射过草地，落在孩子的金箍小绿桶上，落在旁边猛烈颤抖的紫菀上。风从海岸上飞奔而过，朝着山坡猛扑过去，突袭一阵，又翻卷起来。风漫卷过洼地上的小镇，多么凶猛!所有的灯光:港湾中的,卧室窗户里高悬着的,都似乎在它的狂怒中闪烁颤抖!风推起滚滚黑浪,又扫过大西洋,把轮船上空的星星也刮得左摇右晃。

前客厅里"喀嚓"一声。皮尔斯先生把灯熄了。花园不见了。只是黑沉沉的一片,每一寸土地被雨浇透。每一片草叶被雨打弯。雨也会让人们的眼睛合上的。躺在床上,人们只能看到一片狼藉,——翻卷的云,以及黑暗中黄色的、硫黄色的朦胧景象。

睡在前面卧室的孩子已经踢掉毛毯,只盖着被单。天热;黏糊糊、气蒙蒙的。阿彻四仰八叉躺着,一只胳膊搭在枕头上。他的脸通红。当厚窗帘吹开一点时,他翻了一个身,半睁开眼。事实上风把屉柜上的布吹开了,漏进一点光,因而屉柜锐利的棱角边依稀可见,垂直而上,直到一块白色的鼓起来,一道银光出现在穿衣镜里。

靠门的另一张床上,雅各睡着了,睡得又沉又死。长着大黄牙的羊颚骨就在他脚旁,他早把它踢过去,顶在铁床围栏上。

凌晨,风小了,室外的雨却倾倒得更爽快更凶猛。紫菀打倒在地上。孩子的小桶装了半桶雨水。乳白壳的螃蟹慢慢地绕着桶底,试图用它的细腿爬上陡直的桶帮,不能得逞,再试;如此一遍又一遍,屡试屡败,屡败屡试。

二

"佛兰德斯太太"——"可怜的贝蒂·佛兰德斯"——"亲爱的贝蒂"——"她依然楚楚动人"——"真奇怪,她为什么不再找一个!""确实有个巴富特上尉——周三必来,雷打不动,但从来不带妻子。"

"那就怪艾伦·巴富特了。"斯卡伯勒的妇人们七嘴八舌地说,"她从来不出门到别人家串门。"

"男人总想要个儿子——这我们清楚。"

"有些肿瘤非切除不可;但我妈长的那种你得年复一年地忍受下去,你卧床时休想有人给你端一杯茶。"

(巴富特太太是个病人。)

伊丽莎白·佛兰德斯[①]是个中年寡妇。人们难免这样对她说三道四,随后还会把她当成话柄。她才四十出头。

这些年伤心事一件接一件：丈夫西布鲁克撒手人寰；撇下三个儿子要她照看；家境贫寒；斯卡伯勒郊外有一座房子；她可怜的哥哥莫蒂也垮了，说不定还死了——因为他人在哪里呢？干什么营生？她手搭凉篷，沿路眺望，看巴富特上尉来了没有——对，他来了，像往常一样守时；上尉的关照——使贝蒂·佛兰德斯成熟了，使她体态丰满，使她面带喜色，使她莫名其妙地泪水盈眶，这样的情形别人一天也许能看到三次。

诚然，为丈夫流泪无可非议。墓碑尽管平常，倒挺结实，夏日里，寡妇带着儿子们伫立在那里，人们对她油然而生爱怜之心。行礼时帽子举得比平时更高；妻子紧挽着丈夫的手臂。西布鲁克躺在六英尺以下的地方，长眠这么多年了；圈在三重内棺里；缝隙用铅封上了。这样，倘若泥土和木头变成玻璃，无疑，他那张脸在地底下就清晰可见了，一个年轻人的脸，留着胡子，五官端正，他外出打野鸭，却总是不肯换靴子的。

---

① 伊丽莎白是正式名字，贝蒂是其昵称。

"本市商人。"墓碑上写道;不过既然许多人依然记得,他只在办公室窗户后面坐过三个月,在此之前,他还驯过马,骑马纵狗打过猎,还种过一点地,撒过一点儿野,贝蒂·佛兰德斯为什么要这样称呼他呢?——唉,她总得给他一个什么称呼吧。为孩子们树个榜样。

难道他生前就什么都不是?这个问题没法回答,因为即使闭上眼睛不是立碑人的习惯,光也很快会从眼睛里消逝的。起初,他是她生命的一部分;现在却是一群伙伴中的一员,他已经消失在那如茵的绿草中,埋没在那倾斜的山坡下,隐藏在那千万个或正或歪的白石林里;化解在那些腐烂的花环里,依附在那些发绿的锡制十字架上,辗转在那些狭窄的黄色小径上,飘飞在四月低垂在教堂墓园墙头上,散发着一股病人卧室的气息的丁香丛里。西布鲁克现在就是这一切;当她挽起裙子喂鸡时,听见做礼拜或者送葬的钟声,那是西布鲁克的声音——故人的声音。

知道公鸡会飞到她肩上,啄她的脖子,所以她现在去喂鸡时,不是拿根棍子,就是领个孩子。

"你不喜欢我的刀子吗,妈妈?"阿彻问她。

儿子的声音和钟声同时响起,把生与死融为一体,难解难分,令人振奋。

"小不点儿要这么大的刀!"她说。她把刀子拿过来,逗他开心。这时,公鸡飞出了鸡舍,佛兰德斯太太一边喊着让阿彻把菜园门关上,一边放下食,咯咯地叫着让母鸡来吃,同时在果园里忙来忙去。这一切被对面的克兰奇太太看在眼里,她正对着墙,拍打地垫,在跟隔壁的佩奇太太说佛兰德斯太太在果园里喂鸡的事时,她把垫子提在手里。

佩奇太太、克兰奇太太和加菲特太太之所以能看见佛兰德斯太太在果园里,是因为果园是在道兹山上圈起的一块地;道兹山雄视下面的村庄。对于它的重要性怎么说都不算夸张。它是皇天后土;它顶天立地;它是村里人测算见识多少的极限,因为这些人终生都在本村生活。像倚着园门、抽着烟斗的老乔治·加菲特那样的人,仅仅到克里米亚去打仗时才离开过一次村子。太阳的行程依靠它计量,天色的明暗参照它判断。

"看她领着小约翰上山去了。"克兰奇太太对加菲特太太说着,最后一次抖了抖垫子,又进屋忙活去了。

佛兰德斯太太打开果园门,牵着约翰的手向道兹山顶走去。阿彻和雅各不是在前面奔跑,就是在后面磨蹭;当她到达山顶时,他们已经抢先占领了罗马要塞,正叫喊着能看见海湾里的什么船只。眼前景色十分壮观——前有大海,后有荒原,整个斯卡伯勒从一端到另一端平展展地横在眼前,就像一片拼板玩具。佛兰德斯太太在发胖了;她在要塞里坐下来,放眼四顾。

整个景色的变换她应该了如指掌;春夏秋冬风光不同;狂风暴雨怎样从大海上涌起;乌云退去时,荒原如何震颤开颜;她应该注意到正在修建别墅的那个红点;纵横交错的田埂;阳光下小玻璃屋钻石般的闪亮。如果她忽略了这些细微之处,那她可能让她的想象驰骋到了日落时金色的海面,想着大海如何把一片片金币撒到海滩的圆卵石上。小小的游艇争先恐后挤进海里;码头的黑臂膀把海揽在怀里。全城一片金红;穹隆盖顶;轻雾萦绕;音乐回荡;噪音刺耳。班卓琴时起时伏地响着;旅行者鞋跟上粘着沥青,散发出沥青的气味;山羊们突然慢条斯理地跑过人群。看得出市政当局怎样精心布置了花坛。有时风把一顶草帽吹跑。郁金香在太阳下怒放，花红似火。一溜一溜防水袋似的宽松裤子铺展开来。一顶顶紫色女帽框住了轮椅靠垫上一张张柔和、绯红、烦怨的面孔。一个个三角形的广告牌由身穿白色外套的男子用车子推着行进。乔治·博厄斯船长捕获一条巨鲨。三角广告牌的一面用红、蓝、黄三种颜色的字这样写着；每一行末尾都以不同的颜色划着三个惊叹号。

这就有理由下去看看水族馆了，那里，灰黄的遮阳篷，盐酸的臭味，竹椅，摆放着烟灰缸的桌子，转着圈儿的游鱼，坐在六七只巧克力盒子后面编织的管理员（她往往一个人和鱼做伴，一呆就是几个小时），都作为巨鲨的组成部分留在人们的脑海里，因为巨鲨本身只不过是一个松垮垮的黄色容器，就像泡在水池里的一只空荡荡的二合一旅行提包。水族馆从未让人高兴过；但是人们发现只有排队才能进码头时，浮现出的一张张脸上的阴冷表情顿时一扫而光。穿过旋转栅门，人人迈出一两个箭步；有的在这个展间旁流连；有的在那个展间边驻足。然而乐队最终把大家都吸引过来；甚至下码头上的渔夫也在能听得到音乐的地方扎寨安营。

乐队在摩尔式亭台上演奏。台上响起九号乐曲。这是一首华尔兹舞曲。那几个脸色苍白的女郎，那位年迈的寡妇，同那三个寄宿在同一座公寓里的犹太人，那个花花公子，那位少校，那个马贩子，还有那个经济独立的绅士，都是一脸糊涂、麻木的神情，透过脚下木板的缝隙，他们能看到夏天泛绿的海浪平和亲切地在码头的铁柱周围荡漾。

不过有时这些都不存在（倚着栏杆的那个年轻人想道）。盯住那位女士的裙子；灰色的那条就行——下面是粉红色丝袜的。裙子的样式不断变化；裙褶垂到脚踝上——九十年代的式样；后来变宽阔了——七十年代的款式；现在则红亮红亮的，在衬裙上舒展开来——六十年代的式样；一只穿着白色棉袜的小黑脚隐隐露出来。仍旧在那里坐着？是的——她仍在码头上。现在丝袜上印着玫瑰枝纹，但不知为何再也不能看得那么清晰了。我们脚下没有码头。沉重的四轮马车可能在大道上颠簸，然而没有供它停靠的码头，而十七世纪的大海是多么汹涌澎湃、浊浪滔天呀！咱们去博物馆吧。炮弹；箭头；罗马人的玻璃和一把泛着铜绿的钳子。贾斯帕·弗洛伊德牧师四十年代初自己出资，在道兹山上的罗马营垒里挖掘出的——看这张小标签上面的字迹都褪色了。

而现在，斯卡伯勒再有什么可看的呢？

佛兰德斯太太坐在罗马营垒的圆台上，补雅各的裤子，她抬一下头，只是因为要吮吸线头，或者蚊虫袭来耳边嗡嗡叫过，然后又飞走了。

约翰不停地跑上来，把他称之为"茶叶"的青草或枯叶拍到她的腿上，她心不在焉地把它们摆整齐，把长花的一头放在一起，心里想着阿彻昨夜又被惊醒的情况；教堂的钟快了十多分钟；她希望自己能够买下加菲特的地。

"那是片兰花叶，约翰尼①。瞧上面的小棕斑。过来，宝贝儿。我们得回家了。阿——彻！雅——各！"

---

① 约翰的昵称。

"阿——彻！雅——各！"约翰跟着妈妈尖着嗓子喊，一边以脚跟为轴原地旋转，一面抛撒着手里的青草和树叶，好像在播种。阿彻和雅各从土墩后面跳出来，他们一直蹲在那里，本想给妈妈来个突然袭击。现在他们开始一起慢悠悠地往家走。

"那是谁？"佛兰德斯太太手搭凉篷眺望着，问道。

"在路上走的那个老头吗？"阿彻朝下瞧着，说道。

"他不是个老头，"佛兰德斯太太说，"他是——噢不，不是——我还以为是上尉呢，原来是弗洛伊德先生。走吧，孩子们。"

"噢，烦人的弗洛伊德先生！"雅各说着，拧掉了一棵蓟草的头，因为他早就知道弗洛伊德先生是去教他们拉丁文的；其实，弗洛伊德先生是出于好心，抽空教了三年了。在附近一带，佛兰德斯太太能找来做这种事的再没有别人了。两个大点的孩子她快管教不了了，而且也得准备上学了。这种事大多数牧师都不一定肯干；或者用完下午茶后过来，或者把他们叫到他家去——看他的方便而定——因为教区很大，弗洛伊德先生，像他的先父一样，常常到几英里以外走访荒原上的村舍；并且，同老弗洛伊德先生一样，他也是位大学者，这就使这种事儿更不大可能了——她做梦也没想到会有这样的事情。她应该猜得到吗？先别说是学者了，他还比她小八岁呢。她认识他的母亲——老弗洛伊德夫人。她在那里喝过茶。就在那天晚上，她在老弗洛伊德夫人那儿用过茶回来，她在门厅里发现了一封短信，于是顺手拿上去了厨房，给丽贝卡送鱼，心想一定是有关孩子们的事儿。

"弗洛伊德先生自己送来的，是吗？——我想奶酪一定在门厅的小包里——噢，在门厅里——"她在看信。不，不是关于孩子们的。

"是的，明天做煎鱼饼肯定够用了——也许巴富特上尉——"她看到"爱"这个字眼。于是她急忙走进菜园，匆匆地读着，身子靠在胡桃树上，好稳住自己。她的胸脯上下起伏。眼前清晰地浮现出西布鲁克的面容。她摇摇头，泪眼迷茫，望着映在苍黄的天幕上微微摇曳的小树叶。此刻，三只鹅半飞半跑，仓皇穿过草坪，约翰尼挥舞着棍子，在后面追赶。

佛兰德斯太太气红了脸。

"我已经给你说过多少次了?"她大叫着,一把抓住他,夺过他手中的棍子。

"我又没有打着!"他嚷着,挣扎着要脱身。

"你也太淘气了。我给你说过一遍吗?给你说过一千遍了。不许你轰鹅!"说着她就把弗洛伊德的信一揉,紧紧抓着约翰尼,把鹅重新赶进了果园。

"我怎么能想到结婚!"她用一截铁丝拴上园门时,心里苦涩地说着。那天晚上孩子们都睡了,她想起弗洛伊德先生的容貌,觉得自己一向都不喜欢红头发男人。她把针线盒推开,拿过吸墨纸,又把弗洛伊德的信读了一遍。再次看到"爱"这个字眼时,胸脯又上下起伏起来,不过这次没有那么剧烈了,因为她看到约翰尼赶鹅以后,心中明白不可能再嫁任何人了——更不要说弗洛伊德先生,因为他比自己年轻许多,不过是个多好的人呀——还是位大学者呢。

"亲爱的弗洛伊德先生。"她写道。——"我是不是忘了奶酪?"她心里纳闷,放下了笔。没有,她已经告诉丽贝卡奶酪在门厅里了。"我非常惊讶……"她又写道。

但是弗洛伊德先生第二天一早起来在桌上发现的信并不是以"我非常惊讶"开的头。那封信洋溢着母爱,语气谦恭有礼,逻辑不够连贯,充满了懊悔之情,直到他和安多弗的威姆布什小姐结为伉俪很久很久以后;直到他离开村子多年以后,他还珍藏着它。他申请去设菲尔德的一个教区,并如愿以偿;他把阿彻、雅各和约翰叫来道别时,让他们在书房里任选一件自己喜爱的东西,留作纪念。阿彻挑了一把裁纸刀,因为他不想拿别人太好的东西;雅各选了一册一卷本的拜伦诗集;而约翰太小,选择不当,就挑了弗洛伊德先生的小猫,哥哥们认为他的选择十分荒唐;但弗洛伊德先生却把他举了起来,说道:"它的毛皮长得像你。"然后弗洛伊德先生谈到了皇家海军(因为阿彻想去那里参军);谈到了拉格比公学(因为雅各要去那里就读);第二天,他收到了一个银制托盘,随后就走了——先到设菲尔德,在那里他遇见了威姆布什小姐,她是去那里看望叔叔的,接着去了哈克尼——然后又到了玛雷斯菲尔德学院,他当上了院长,最终成为著名的"传教士列传"丛书的主编,退休后他带着妻女住在汉普斯特德,人们常常看见他在羊腿池边喂鸭子。至于佛兰德斯太太的信——有天他找来找去,怎么也找不到,也不好问妻子是不是她给扔了。后来在皮卡迪利大街遇到雅各,他怔了一会,才认了出来。不过雅各已长成一个英俊青年,弗洛伊德先生不想在街上叫住他。

"我的天啊,"佛兰德斯太太在《斯卡伯勒与哈罗盖特信使报》上读到安德鲁·弗洛伊德牧师如何如何,并已成为玛雷斯菲尔德学院的院长时,说道,"那准是我们的弗洛伊德先生。"

一层淡淡的郁闷笼罩到饭桌上。雅各自个儿抹果酱吃;邮差在厨房里和丽贝卡说话;一只蜜蜂在黄花上嗡嗡飞舞,花朵冲着敞开的窗户频频点头。他们都活着,那就是说,当可怜的弗洛伊德先生成为玛雷斯菲尔德学院院长的时候。

佛兰德斯太太站起身,走到火炉围栏旁,轻轻地抚摩着黄玉耳朵后面脖子上的毛。

"可怜的黄玉。"她说（因为弗洛伊德先生的小猫现在已成老猫了。耳朵后面还有一小块疥癣，活不了几天了）。

"可怜的老黄玉。"猫在阳光下伸懒腰时佛兰德斯太太说道。她笑了，想起她是怎样把它劁了，她又是怎样不喜欢红头发男人。她微笑着走进了厨房。

雅各掏出一块极脏的手帕抹了抹脸。他上楼去了自己的房间。

那只鹿角锹甲死得很慢（这些甲虫是约翰收集的）。即使第二天，它的腿依然不僵。而蝴蝶已经死了。一股臭鸡蛋味熏跑了那群浅斑黄蝴蝶，它们匆匆穿过果园，飞上道兹山，又转移到荒原上，消失在荆豆花丛后面，接着又乱哄哄地在烈日下飞走了。一只豹纹蝶落在罗马营垒的一块白石头上晒太阳。山谷里传来了教堂的钟声。斯卡伯勒的人们都在吃烤牛肉；因为是星期天，雅各在离家八英里以外的红花草地里捕捉那些浅斑蝴蝶。

丽贝卡已经在厨房里捉住了那只骷髅头形蛾。

蝴蝶盒子里散发出一股刺鼻的樟脑味。

与樟脑味混在一起的是十分明显的海藻味。门上悬挂着一些茶色的丝带。太阳火辣辣地直射在上面。

雅各捏着的飞蛾前翅上毫无疑问有黄褐色的肾形斑点。但后翅上没有新月斑。他捕到飞蛾的那天夜里那棵树已经倒了。树林深处突然枪弹齐发。他很晚才回家,到家时,妈妈把他当成了夜盗。她说,儿子中只有他从来不听话。

莫里斯把它称为"在湿地或沼泽地发现的纯本地昆虫"。但莫里斯有时也出错。有时,雅各会挑一支极细的钢笔,在书页的空白处做些更正。

树倒了,尽管当夜一丝风也没有,搁在地上的提灯照亮了依然发绿的树叶和枯死的山毛榉叶。这地方很干燥。一只蟾蜍待在那里。那只红色的后勋绶夜蛾绕着灯光飞舞,忽闪一下,就不见了。尽管雅各等待着,但这只红蛾再也回不来了。十二点过了,他才穿过草坪回家,他看见妈妈还在明亮的屋子里,一个人玩纸牌游戏,就坐在那里。

"你吓死我了!"她嚷道,想着发生了什么可怕的事情。他吵醒了丽贝卡,这么早也得起床。

他站在那儿,脸色苍白,刚从黑漆漆的外面走进热烘烘的屋子,亮光晃得他不停地眨眼。

不,那不可能是稻草色边儿的后勋绶夜蛾。

割草机总要上油。巴尼特把它拉到雅各的窗下,它嘎吱嘎吱响着,哐啷哐啷地穿过草坪,又嘎吱起来。

乌云遮住了天空。

太阳又探出了头,强光令人目眩。

阳光像一只眼睛,照在马镫上,然后突然,但又十分轻柔地停留在床上、闹钟上和打开的蝴蝶盒上。浅斑黄蝶们已飞到荒原上空;又曲里拐弯飞过了紫色的红花草丛。豹纹蝶沿着树篱招摇过市。小蓝蝶在草地上扔的一块块骨头上小憩,忍受着烈日的暴晒。小苎胥蝶和孔雀蛱蝶饱餐着从老鹰嘴里掉下来的血淋淋的动物内脏。距家几英里远的地方,有一片洼地,洼地上面有一堆废墟,雅各在废墟下的起绒草丛中,发现了银纹多角蛱蝶。他曾见过一只白花蝶绕着一棵栎树越飞越高,可他就是捕不到。高地上独居的一位老村妇曾对他讲过,有一只紫蝶每年夏天都会光顾她的花园。一大早狐崽们总在荆豆丛中嬉耍，她说。天蒙蒙亮时你往外头看，总能看到两只獾。有时它们把对方撞翻，活像两个男孩打架，她说。

"雅各，今天下午可不许跑远，"妈妈把头从门外探进来说，"因为上尉要来道别。"那天是复活节假期的最后一天。

星期三是巴富特上尉的节日。他穿上笔挺的蓝哗叽礼服，拄着橡皮头的手杖——因为他是个跛子，右手还少了两根指头，这是报效祖国的结果——下午四点他分秒不差从那座有旗杆的房子出发。

三点，推轮椅的狄更斯先生，先接走了巴富特太太。

"挪挪地方。"在广场上坐上十五分钟后，她总要对狄更斯先生说。然后又是，"行了，谢谢您，狄更斯先生。"下第一道命令后，他会找一块太阳地；下第二道命令后，他就把轮椅停在那阳光灿烂的狭长地带。

由于是这里的一名老住户，他和巴富特太太——詹姆斯·科珀德的女儿——有许多共同之处。在西街与宽街交叉处的喷泉饮水器就是詹姆斯·科珀德的礼物，因为他在维多利亚女王登基五十周年大庆时正当市长，科珀德的画像随处可见：市里的洒水车上，商店的橱窗上，律师咨询室窗户镀锌的遮阳篷上。然而艾伦·巴富特从未参观过水族馆（尽管她与捕到鲨鱼的博厄斯船长很熟）。有人手持海报走过时，她用不屑的眼光睨视着他们，因为她知道自己永远不会去看皮埃罗一家，泽诺兄弟，或者黛茜·巴德和她的海豹表演团。虽然在广场上，坐在轮椅里的艾伦·巴富特却是一名囚徒——文明世界的囚徒——在阳光明媚的日子里，当市政厅、绸布店、游泳池和纪念馆在地面上投下一道一道的阴影时，就像她囚笼的一根根铁条横陈在广场上。

由于是这里的一名老住户，狄更斯先生往往站在她后面一点，抽他的烟斗。她总会问他一些问题——这些人是谁——琼斯先生的铺子现在由谁经管——然后问些有关季节的问题——不管什么问题，要是狄更斯先生试图回答——从他嘴里说出的话就像饼干渣。

她闭上双眼。狄更斯先生转了个身。他并没有完全失去一个男人的感觉，尽管你看他朝你走来时，你注意到他的一只圆头黑靴子是如何在另一只前面抖着摆动；他的马甲和裤子间怎么有一道黑影；他如何步履不稳，趔趄了几下，就像一匹老马，突然发现自己脱开了车辕，而没有拉车。但是当狄更斯先生吸进去一口烟又把它吐出来时，他眼中仍流露出一个男人的感觉。他在想巴富特上尉此刻怎样正向快乐山行进；巴富特上尉，他的主人。因为在家里，在马厩上面那间小起居室里，窗户上有只金丝雀，女孩们坐在缝纫机旁，狄更斯太太因为风湿病蜷缩成一团——在家里，尽管他受人轻视，但一想到受雇于巴富特上尉，他便有了支撑。他喜欢想正当他与海滨人行道上的巴富特太太聊天时，他是在帮助正去见佛兰德斯太太的上尉；他，一个男人，来照看巴富特太太，一个女人。

转过身，他看见她正与罗杰斯太太闲谈。再转过来时，他看到罗杰斯太太已经走开了。于是他回到轮椅旁，巴富特太太问他几点了，他掏出他那块大银表，十分殷勤地把时间告诉她，仿佛他对时间，对每一件事，都比她懂很多似的。但是巴富特太太心里清楚：巴富特上尉正往佛兰德斯太太那里走呢。

他确实在往那里走。下了电车，他看见东南面的道兹山，青山蓝天相映成趣，天边雾霭蒙蒙。他朝山上挺进。尽管有些跛；但步伐仍不失军人风范。贾维斯太太走出教区长宅院大门时，一眼就瞅见了他，她的纽芬兰狗，尼罗，慢悠悠地摇晃着尾巴。

"哟，巴富特上尉！"贾维斯太太惊叫着。

"你好，贾维斯太太。"上尉招呼道。

他们一起往前走，走到佛兰德斯太太家门口时，巴富特上尉脱下花呢帽，彬彬有礼地鞠躬，说：

"再见，贾维斯太太。"

贾维斯太太便独自往前走去。

她要去荒原溜达溜达。她是不是深夜又一直在草坪上踱步呢？她是不是又敲着书房的窗户，喊着说："看月亮，看月亮，赫伯特！"

于是赫伯特就看月亮。

贾维斯太太闷闷不乐时，就到荒原上去溜达，一直走到某个碟形洼地上，虽然她总想走到更远的一个山梁上去；她在那里坐下来，拿出藏在斗篷下面的一本小书，念上几行诗，然后四处眺望。她也不是十分闷闷不乐，她已经四十五岁了，也不大可能十分闷闷不乐，就是说不会闷闷不乐到绝望的程度；也不大可能像她有时威胁的那样，撇下丈夫，毁掉一个好男人的事业。

一位牧师的妻子在荒原上溜达时，不必说在冒多大的风险。贾维斯太太身材矮矮的，皮肤黑黑的，眼睛亮亮的，帽子上插一根野鸡毛，正好就是那种在荒原上丧失信仰的女人——也就是把上帝与天地万物混为一谈——但她没有丧失信仰，没有撇下丈夫，从未把她那首诗读完过；而只是继续在荒原上溜达，继续看榆树后面的月亮，当她坐在斯卡伯勒高处的草地上时，总觉得……是啊，是啊，当云雀展翅高翔之时，在羊儿轻移脚步吃草，脖铃儿随之叮当之时；当微风拂面，时起时停之时；当下面海上的船只似乎在一只无形的手牵引下，交错行驶，擦肩而过之时；当空中传来远处天空的震颤，幻影般的骑士策马疾驰、戛然而止之时；当天边浮蓝泛绿，令人春情荡漾之时——贾维斯太太不禁发出一声喟叹，心想，"要是谁能给我……要是我能给谁……"但她并不知道她想给什么，也不知道何人能给她。

"佛兰德斯太太五分钟前刚出门，上尉。"丽贝卡说。巴富特上尉坐在扶手椅里等待。他把两肘支在扶手上，双手搭在一起，跛腿直撅撅地伸出去，橡皮头拐杖放在腿一边，坐在那里纹丝不动。他身上有些僵化的东西。他的思想吗？也许是反反复复、千篇一律的一些思想吧。但那些思想是不是"高明"，是不是有趣呢？他是个有脾气的男人；固执己见，忠诚可靠。女人们立刻有所体会。"这里有法律。这里有秩序。因此我们必须珍惜这样的男人。他在夜晚总是伫立桥头。"而且，给他递杯茶或者给他什么东西时，总会闪现出沉船或灾难的景象，所有的乘客都乱哄哄地从船舱中跑出来，惊惶失措，上尉却在那里，穿着扣得紧紧的双排扣粗呢短上装，和暴风雨搏斗；击败他的只能是暴风雨，而不是别的。"可我是个有情有义的人，"贾维斯太太总这样想；此时巴富特上尉突然用大红花手帕擤起鼻涕；"事情之所以弄成这样，全是由于这个男人的傻气，那暴风雨不仅是他的，而且也是我的"……当上尉顺路进来看看他们，发现赫伯特不在家，便坐在扶手椅里，几乎默不作声地坐上两三个小时时，贾维斯太太这样想道。但是贝蒂·佛兰德斯从来未想过那种事。

"噢，上尉，"佛兰德斯太太说着，一阵风似的冲进客厅，"我刚才不得不去撑巴克的伙计……我希望丽贝卡……我希望雅各……"

她跑得上气不接下气，但没有一点烦乱的神态。她放下从油店主那里买到的壁炉刷，嘴里嚷着热死了，一把把窗户推得更开，把一块台布抹平，拿起一本书，仿佛十分自信，十分喜欢上尉，又好像比他年轻许多似的。的确，她围着蓝围裙，看上去至多不过三十五岁。他却五十出头了。

她的双手在桌子上来来回回地忙着；上尉的脑袋来来

回回地摇着,不大吱声儿,而贝蒂却喋喋不休地聊着,他是绝对无拘无束——过了二十年了。

"啊,"他终于开口了,"我收到波尔盖特先生的信了。"

波尔盖特先生的信上说,他最好的建议就是把一个孩子送进一所大学念书。

"弗洛伊德先生在剑桥……不,是牛津……啊,反正不是这个就是那个。"佛兰德斯太太说。

她朝窗外望去。小小的窗户,赫然映入眼帘的是满园的姹紫嫣红。

"阿彻干得很出色,"她说,"马克斯韦尔上尉寄来了一张喜报。"

"我把信留下,你让雅各看看。"上尉说着便笨手笨脚地把信塞回信封里。

"雅各还跟平时一样,老去捉蝴蝶,"佛兰德斯太太说起来就生气了,突然一转念又吃了一惊,"对了,这周又开始捉蟋蟀了。"

"爱德华·詹金森已经递交了辞呈。"巴富特上尉说。

"那么说你要参加市政会的竞选了?"佛兰德斯太太失声叫道,双眼直盯着上尉的脸。

"嗯,这件事嘛。"巴富特上尉开始说,把身子往椅子里坐得更深了些。

于是,雅各·佛兰德斯,于一九〇六年十月上了剑桥大学。

三

门忽地一下开了，跳进来一个身材魁梧的小伙子。"这里不是吸烟车厢。"诺曼太太连忙抗议，语气紧张，却十分无力。他仿佛没有听见她的话。列车一直开到剑桥才停，在这儿，她却被单独关在一节车厢里，和一个青年男子做伴。

她摸了摸梳妆盒的弹扣，确定香水瓶和从穆迪图书馆借来的一本小说都在手边（小伙子正背对她站着，往行李架上放包）。她决定用右手扔香水瓶砸他，左手拉警报索要求刹车。她五十上下，有个儿子在上大学。然而，男人总有危险，这是事实。她读了半栏报纸，然后从报沿儿上窥视，借助灵验的相面，以确定安全问题……她想把自己的报纸借给他看。但年轻人读《晨邮报》吗？她偷眼看看他在读什么——《每日电讯报》。

扫视过他的袜子（松松垮垮），领带（破破烂烂）后，她的目光再次落到了他的脸上。她仔细端详着他的嘴巴。双唇紧闭。目光低垂，因为在读报。纵有一身的坚定，但仍流露出年轻稚嫩、大大咧咧、浑然不觉的神态——要说袭击别人！不会，不会，不会！她向窗外望去，不禁莞尔而笑，然后又转回头来，他并没有注意她。神情严肃，浑然不觉……此刻他抬起头来，目光从她身上掠过……他单独和一位年长的女士待在一起，似乎格外别扭……然后他凝眸——蓝蓝的眸子——注视窗外的风景。他就没有意识到她的存在，她想。但这儿不是吸烟车厢，又不能怪她——如果他真想吸烟的话。

谁也没有见过他这样的人，更不必说一位与一个陌生小伙子面对面坐在车厢里的年过半百的女士。人们看到的是一个整体——人们看到的是形形色色的事物——人们看到的是他们自己……诺曼太太把诺里斯的一本小说读了三页。她该不该对那小伙子（毕竟他和她自己的儿子年龄相仿）说，"如果你想抽烟，别管我"？不，他似乎完全漠视她的存在……她不想打扰别人。

即便在她这个年纪，她也注意到他的漠然，但也许他在某些方面——至少她这么看——显得可爱，英俊，有趣，性格独特、体态端庄，就像她自己的儿子？对于她的描述，人们必须尽力去发挥了。无论如何，这就是当时的雅各·佛兰德斯，十九岁。要把人概括一番是没有意义的。人们必须根据种种暗示，不可仅仅听其言，也不能完全观其行——比如，列车进站后，佛兰德斯先生猛然把门打开，帮助这位女士取出她的梳妆盒，说了声，或者不如说咕哝了一声："让我来。"一脸的羞涩，办这种事他确实相当笨拙。

"那人……"女士见到儿子后说；但月台上人头攒动，雅各已不知去向，她便没有再往下讲。这就是剑桥，她是到这里过周末的。大街上，圆桌旁，她整天看到的尽是些小伙子，她这位旅伴的印象也就在她的脑海中完全消失了；就好像是一个孩子扔进许愿井里的曲别针，在水中打了个转儿就永远不见了。

人们说哪儿的天空都一样。出外旅行的、沉船遇难的、流亡海外的、奄奄待毙的，都从这种想法中汲取安慰，毫无疑问，如果你具有一种神秘主义倾向，慰藉，甚至解说，都会像骤雨一般，从那完好无痕的表面纷纷泻下。然而，在剑桥的上空——至少在皇家学院教堂的屋顶上空——却有所不同。在海上，一座伟大的城市会向黑夜投进一片光明。如果设想浸入皇家学院教堂各个缝隙中的天空比别处更明亮，更稀薄，更灿烂，是不是有点异想天开？剑桥是不是不仅烛照黑夜，而且也烛照白天？

瞧，当他们前去做礼拜时，长袍飘舞得多么轻盈，仿佛里面没有有骨有肉的躯体似的。何等刚劲的雕像般的脸庞，虽受虔诚的节制，但又是何等一言九鼎似的权威啊！纵使长袍下的大皮靴健步如飞。他们行进时队列多么整齐。粗大的蜡烛竖立着；身着白袍的小伙子们站起来；而那只驯顺的鹰[①]却驮起那本大白书供人查看。

一片斜光正好透进每扇窗户，即使尘埃弥漫的地方，也呈现出紫色和黄色，而当它散射在石头上时，那石头就

[①] 指读经台上鹰的雕像。

像被粉笔轻轻地涂成了红、黄、紫三种颜色。无论白雪还是绿阴，无论寒冬还是酷暑，对那古老的彩色玻璃毫无影响。有了灯罩的保护，即使在风狂雨骤的夜晚，灯苗也能稳定地燃烧——稳定地燃烧着，幽幽地亮在树干上——同样，教堂里面，一切井然。人声肃穆庄严；风琴会心地应和着，好像天籁附和，来支持人类的信仰。两列穿着白袍的身影穿插交错；时而上台阶，时而下台阶，有条不紊。

……如果你在树下放一盏灯，树林里的昆虫都会爬过来——一种奇怪的聚会，尽管它们纷纷爬过来，摇摇摆摆，脑袋在玻璃灯罩上瞎撞，但似乎都没有什么目的——某种莫名其妙的东西驱使着它们。它们绕着灯笼缓缓蠕动，瞎头瞎脑地敲打着，好像是要求进去，一只大蟾蜍显得尤为痴迷，它用肩膀挤开别的虫子为自己打开一条通道。你看着看着，就看腻味了。哟，那是什么？突然枪声大作，叫人胆战心惊——叭叭叭响得好脆；哗哗哗余音散开——寂静平平展展地把声响掩盖了。一棵树——一棵树倒了，一种林中死亡。之后，树林里风声悲凉。

但皇家学院教堂里的这一礼拜仪式——为什么允许

妇女参加？当然，如果心不在焉（雅各一副神不守舍的样子，脑袋向后仰着，赞美诗翻错了地方），如果心不在焉，那是因为一把把灯芯草垫底的椅子上开起了一家家帽子店，摆放出一柜柜衣裙，五色斑斓，琳琅满目。虽然脑袋身体可以做到虔诚有余，但各人自有各人的口味——有的喜欢蓝色，有的喜欢棕色；有的喜欢羽毛，有的则喜欢三色堇和勿忘我。谁也不会想到带只狗上教堂。因为，尽管狗在石子路上一直表现很好，对花朵也不会无礼，但它在教堂走道里溜达，东张张，西望望，抬起一只爪子，靠近一根柱子，就是要把人吓得心惊血凉（假如你是会众里的一员——单独一人，不可能随便就受惊吓）——一条狗会把礼拜完全搅了。这些女人也一样——尽管她们个个虔诚、出众，还有丈夫们的神学、数学、拉丁文和希腊语撑腰。天知道这是为什么。首先，雅各想道，她们奇丑无比。

这时，咯吱一响，接着是一阵咕哝。他碰上了蒂米·达兰特的目光；严厉地盯着他；然后又十分庄重地眨了眨。

去格顿学院的路上有座别墅名叫"韦佛利",这并不是因为普卢默先生崇拜司各特①,或者他想叫个什么名字,而是因为你非招待大学生不可的时候,名字总是有用的。星期天午餐时间,大家坐等第四个学生的当儿,便谈起了各个大门上的名字。

"真没意思,"普卢默太太心血来潮,插嘴问道,"有人认识佛兰德斯先生吗?"

达兰特先生认识他;因而他的脸微微一红,不尴不尬地说了句当然之类的话——一边说,一边望了望普卢默先生,拽了拽自己右边的裤腿。普卢默先生起身站到了壁炉前。普卢默太太像个坦率友好的汉子一样大笑起来。这种场景,这种环境,这种景象,甚至这种冷峭萧森的五月花园,以及选在这会儿遮住太阳的一朵云彩——总而言之,再想象不出比这更可怕的情景了。当然,这里是花园。每个人都不约而同地望着它。由于那朵云彩,树叶灰溜溜地瑟缩抖动着,还有麻雀——那里有两只麻雀。

---

① "韦佛利"(Waverley)系列小说是沃尔特·司各特的代表作。

"我想。"普卢默太太趁小伙子们凝神注视花园的当儿,利用这片刻喘息时间瞅了一眼她丈夫,说。而他呢,尽管对这种行为并不承担全部责任,还是按了一下铃。

对人生中的一个小时这样糟蹋是没法开脱的,除了普卢默先生切羊肉时闪现在他脑海里的下述想法:如果导师从不举办午餐会,如果星期天一个接一个白白过去,如果学生毕业了,当了律师,医生,议员,商人——如果导师从不举办午餐会——

"你说,是羊肉烹制了薄荷酱呢,还是薄荷酱烹制了羊肉?"他问身边的小伙子,以打破持续了五分半钟的沉默。

"我不知道,先生。"小伙子说,显然脸红了。

就在这个当口,佛兰德斯先生走了进来。他把时间搞错了。

现在,尽管大家吃完了自己的一份肉,但普卢默太太又吃起了一份卷心菜。当然雅各决心在她吃完菜时吃完自己那份儿肉,他看了她一两次,以便掌握好速度——只是,他饿坏了。看到这种情况,普卢默太太说她相信佛兰德斯先生不会介意——于是水果馅饼上桌了。她以一种特殊的方式点了点头，示意女仆再给佛兰德斯先生上一份羊肉。她瞟了一眼羊肉。午餐用的羊腿剩得不多了。

这不是她的错——因为她怎能阻止父亲四十年前在曼彻斯特郊区让母亲怀上了她？一旦生下来，长大以后，她怎么能不变得抠抠搜搜，野心勃勃，对社会阶梯的档次有种本能的精确概念呢？怎么能不像蚂蚁一样孜孜不倦，先把乔治·普卢默推到梯子的顶端？梯子顶端是什么呢？一种身居万人之上的感觉；自从乔治·普卢默当上了物理学教授，或者不管是什么教授之后，普卢默太太就只能紧紧抱住她的老公，低头瞅着地面，又鞭策两个平常的女儿往梯级上爬。

"我昨天在赛马会上输了，"她说，"还带着两个宝贝女儿呢。"

这也不是她们的错。她们走进客厅，穿着白连衣裙，系着蓝腰带。她们给大家递香烟。罗达遗传了其父冷漠的灰眼睛。乔治·普卢默尽管长着一双冷漠的灰眼睛，但其中却闪着一种莫测高深的光。无论波斯和信风，选举法修正法案与收获周期，他都能侃侃而谈。书架上是威尔斯和

三　47

萧伯纳的著作；桌子上是六便士一本的严肃性周刊，撰稿人都是穿着泥靴的苍白脸男子——每周把脑袋在冷水里涮过再拧干——挤出了忧伤的文章。

"拜读了他们两位的大作才觉得自己明白了真理！"普卢默太太快乐地说，一边用她那只红红的光手指点着目录，手上的那枚戒指显得极不协调。

"天哪，天哪，天哪！"四个大学生离开这幢房子时，雅各大声疾呼，"我的天哪！"

"活受罪！"他嘴里说着，眼睛扫视着街道，想找一株紫丁香或者一辆自行车——任何能使他恢复自由感的东西。

"活受罪。"他对蒂米·达兰特说，概括了他对午餐时展示给他的这个世界的反感，一个有能力生存的世界——这一点毫无疑问——但绝对没有必要，竟然要相信这样的东西——萧伯纳和威尔斯，还有那些六便士一本的严肃周刊！这些上了年纪的人洗刷，拆除，到底他们要干什么？难道他们从来不读荷马，不读莎士比亚和伊丽莎白时代诸家的作品？他看到这种景象与他从青春和天性中汲取的感情形成了明显的反差。这些可怜虫们拼凑出了这么一个蹩脚的东西。但他还是动了恻隐之心。那两个可怜的小女孩儿——

他如此惴惴不安，证明他已经激愤起来。尽管他大有初生牛犊不怕虎的气势，但他确信老一辈人在地平线上建立起来的城市，在一片红黄色火焰的映衬下，就像是砖建的城郊房屋、兵营和管教所。他容易动情；但这种说法与他掬着手挡风划火柴时表现出的沉着镇定完全矛盾。他是一个殷实的年轻人。

无论是大学生还是店伙计，是男还是女，在二十来岁的时候都会感到震惊——这原来是一个老人世界——它那黑沉沉的轮廓拔地而起，下面压的是我们自己；压的是现实；荒野与拜伦；大海与灯塔；长着黄牙的羊颚骨；下面压的是使年轻人头上长角、身上长刺的顽强不屈、压制不住的信念——"我就是原原本本的我，一定要维护我的本色。"世界上不会有这样的模式，除非雅各为自己塑造一个。普卢默夫妇会竭力阻止他这样做的。威尔斯、萧伯纳和六便士一本的严肃周刊也会压制这种苗头的。每次他星期日出去吃午饭——不论是宴会还是茶会——总会有这样的震惊——憎恶——不适——然后又是快乐，因为在河边每走一步，他都在吸收那种坚定信念，从四面八方获取那种慰藉，树木在点头致意，蓝天衬柔了灰色的塔尖，人声沸扬起来，好像悬浮在空中似的，五月融融的春意，和风习习，扬起星星点点的粉尘——栗花，花粉，随便什么能在五月的空气中发挥作用的东西，催得树木日渐葱茏，逼得嫩芽悄悄渗胶，涂得绿地慢慢变浓。河水奔流，既没有浩浩荡荡的气势，也没有一泻千里的湍急，只不过烦透了不断浸入水中，又从桨叶上滴下晶莹水珠的船桨，河水绿绿地、深深地漫过弯腰弓背的灯芯草，仿佛在尽情地爱抚着它们。

　　他们泊船的地方树木翠蔓，枝叶披垂，树梢的叶子拖曳在微波中，水中的那块绿楔子，由于是由树叶形成的，在微微晃动，就像真正的叶子晃动一样。嗖地一阵风起——顿时露出了一角天空；达兰特吃着樱桃，顺手把没熟的黄樱桃扔过那簇楔形的绿叶，叶柄在水面上忽出忽进，闪闪发光，有时一颗咬了一半的樱桃掉进水里，成了这片翠色中的红点。雅各仰面躺着时,眼睛正好和那片草地平齐,尽管被金凤花镀了一层金,但这里的草地不像墓园里那片细细的绿水似的草地那样蔓延得简直要漫过墓碑,而是直直地挺立着,多汁,粗壮。抬眼向后望去,他看见了孩子们深深淹没在草丛中的腿,还有牛腿。咕吱,咕吱,他听到牛在吃草;接着在草里迈了一下步;然后又是咕吱,咕吱,咕吱,它们把草齐根扯下。他面前,两只白蝴蝶绕着那棵榆树盘旋,越飞越高。

"雅各这人有点怪。"达兰特想,从他的小说上抬起眼来。他读上那么几页,就抬头看上一眼,规律性极强,每次抬头都从包里摸出几颗樱桃,心不在焉地吃掉。其他的小船从他们身旁经过,左拐右拐地划过回水,避免彼此碰撞,因为这阵儿许多船都停泊着。两棵树之间夹着一条立柱似的天幕,这时突现出翩翩白裙,还有一道裂纹,周围缭绕着一线蔚蓝——米勒小姐的野餐会。不断有船向这边划来,达兰特先生不用起身,就把船推向离岸更近的地方。

"噢——嗬——嗬——嗬。"雅各哼起来,这时船在摇,树在晃,那些白裙子和白法兰绒裤子拉长了,晃晃悠悠上了岸。

"噢——嗬——嗬——嗬!"他坐起来,仿佛有那种橡皮筋在脸上绷了一下的感觉。

"他们是我妈的朋友。"达兰特说,"所以老鲍为这条船有操不完的心。"

这条船沿着海岸一路从法尔茅斯驶到了圣艾夫斯湾。一条更大的船,一条十吨的游艇,大约在六月二十日装配齐全,达兰特说……

"钱上有困难。"雅各说。

"我家人想办法解决。"达兰特(一个已故银行家的儿子)说。

"我想保持经济独立。"雅各生硬地说。(他有点儿激动了。)

"我母亲说过去哈洛加特的话。"他摸着那只装信的口袋,有点气恼地说。

"你舅舅改信伊斯兰教是真的吗?"蒂米·达兰特问。

头天晚上,雅各在达兰特的房间里讲过舅舅莫蒂的故事。

"如果这事儿传出去,我希望他去喂鲨鱼。"雅各说,"我说,达兰特,一颗都没有了!"他叫着,把装过樱桃的袋子揉成一团,扔进河里。扔袋子时他看到米勒小姐在岛上举行野餐会。

一种无奈、恼怒、沮丧闪现在他的眼睛里。

"咱们继续走吗……这群讨厌鬼……"他说。

于是他们逆流而上,绕过了那个小岛。

轻柔皎洁的月亮决不会让天空变暗;一整夜绿地上白灿灿的,一片栗花;草地上的峨参则显得朦朦胧胧。

在大院里,就能听到哗啦声,想必三一学院侍者洗瓷盘就像洗牌一般。雅各的房间却在内维尔院顶楼上;所以走到门前不免有点气喘吁吁;但他不在屋里。也许在食堂吃饭。不到半夜内维尔院早就漆黑一片,只有对面的柱子总泛着白光,还有喷泉。大门有种奇特的效果,好像浅绿色草地上的花边。即使隔着窗户也听得见碗碟声;还有用餐者们嗡嗡的说话声;食堂里灯火辉煌,旋转门砰的一声开开又关上。有人来晚了。

雅各的房间有一张圆桌和两把矮椅。壁炉台上有一个广口瓶,里面插着几枝黄色的鸢尾花;有一张他母亲的照片;有一些社团的名片,上面有凸凹新月花纹、纹章和名称首字母;有一些笔记,几支烟斗;桌子上放着红边的稿纸——无疑是一篇论文——《难道历史就是伟人的传记?》。书籍不少;法文书寥寥;但一个有价值的人只读他喜欢的东西,乘兴而读,满怀热情。比如威灵顿公爵的传记;斯宾诺莎;狄更斯的著作;《仙后》;一本希腊语辞典,页间夹的罂粟花瓣压得像丝绸一般;所有伊丽莎白时代文人的作品。他的拖鞋破得不成样子,好像两只火烧到吃水边儿上的小船。还有些希腊人送的照片,一幅出自乔舒亚爵士之手的铜版画——件件富有英国特色。也有简·奥斯丁的作品,也许为了迎合别人的品味。卡莱尔的书是件奖品。还有一些关于文艺复兴时期意大利画家的著作、一本《马病手册》和所有的通用教材。空荡荡的房间里,空气也懒洋洋的,刚刚能把窗帘鼓起;广口瓶里的花儿常换常新。藤椅上的一根筋在嘎吱作响,尽管上面没有坐人。

一位老人在下楼梯，有点儿靠边，（雅各坐在窗边的座位上与达兰特聊天；他吸着烟，达兰特看着地图）他双手背在身后，黑袍飘悠，步履蹒跚，贴近墙壁；然后又上楼回自己的房间；另一位老人，举起一只手，对柱子、大门、天空赞不绝口；又有一位步履轻快，扬扬得意。他们各自上了楼；黑暗的窗户里亮起了三盏灯。

如果剑桥的楼上亮起了灯光，那一定是这三个房间里亮起的；希腊文在这里发光；科学在那里闪亮；哲学则在一楼大放光明。可怜的老赫克斯塔布尔，路都走不直；——索普威思这二十年来夜夜都要把天空赞美一番；科恩仍读着同样的一些故事而哑然失笑。学问这盏灯并不简单，也不纯粹，也不是完全光彩夺目的；因为如果你看见他们坐在学习的灯光下（不管墙上挂的是罗塞蒂的真迹，还是凡·高的复制品；不管盆子里是紫丁香还是锈迹斑斑的烟斗），他们看上去多像神职人员啊！多像一个你去既可饱览风景又可品尝特色糕点的郊区呀！"只有我们能提供这样的糕点。"你又回到伦敦；因为款待结束了。

老教授赫克斯塔布尔按钟按点地更换过衣服，然后一屁股坐在椅子里；装上烟丝；选好文稿；双脚交叉；再把眼镜掏出来。他满脸的肉塌成了一堆褶子，仿佛支柱被撤走了似的。可要是把一节地铁车厢全部座位的顶端卸下来，老赫克斯塔布尔的脑袋也能装得下。现在，当他的目光逐字阅览时，脑子里思潮涌动，思想如同一列浩浩荡荡的队伍迈着坚实有力的步伐，穿过他大脑的各条走廊，队列整齐，脚步急促，前进中又不断有新鲜生力军补充，声势更强，直到最后，整个厅堂、大厦，不管你叫它什么都好，挤满了各种思想。这样的集结，别人的脑海里是不会出现的。然而，有的时候，他会一连枯坐好几个小时，紧紧抓着椅子扶手，像一个人因为身临险境，要么仅仅因为鸡眼一阵刺痛抑或痛风发作而攥得死死的。天啊，听他谈钱多么可憎呀，他拿出皮夹子，连那枚最小的银币都舍不得给，鬼鬼祟祟，疑神疑鬼，像个满嘴谎话的老农妇。奇怪的麻木和抠门——绝妙的说明。饱满的天庭上一片宁帖，有时，在昏昏欲睡之际，或在夜静更深之时，你不妨想象他头枕石枕躺着,得意洋洋。

与此同时,索普威思迈着一种奇怪的轻快脚步从壁炉旁走上前来,把巧克力蛋糕切成小块。直到午夜或者更晚,在他房间里总有大学生,有时多达十二个,有时只有三四个;不过无论他们是去是来,都无人起身送迎,索普威思一个劲儿地讲。讲呀,讲呀,讲呀——似乎什么都能拿来讲——灵魂本身从那两片嘴唇滑进薄薄的银盘里,银盘则像银色、像月光一样在小伙子们的心中消失了。啊,远远离开以后,他们会把那灵魂回想起来的,迷茫中凝眸回顾一番后,又重新振作起自己的精神。

"哼,我决不。老查克来了。我的好小子,日子过得怎么样?"走进来的是可怜的小查克,那个一事无成的外地人,真名叫斯腾豪斯,当然索普威思又千方百计把千头万绪引了回来,"我绝对不会"——是的,尽管第二天,又买报纸,又搭早班火车,他觉得一切都十分幼稚、荒谬;巧克力蛋糕,小伙子们;索普威思把事情汇总起来;不,不是全部;他要把儿子送到那里去。他要省下每一文钱把儿子送到那里去。索普威思滔滔不绝地讲着;把笨拙的言谈中的硬纤维——由年轻人不假思索、脱口而出的东西搓起来——把它们编在自己光洁的花环周围,把鲜亮的一面展现出来。翠绿、尖刺、阳刚之气。他爱这么做。其实索普威思看来,一个人可以无所不谈,可能直到他年老体衰、深沉世故了,那时候银盘的叮当声将变得空空洞洞,铭文读起来过于简单了点,古老的印记看上去过于单纯,印象却一成不变——一个希腊男孩的头像。但他会依然敬重。而一个女人如果探测一下这位牧师,就会不由自主地嗤之以鼻。

科恩,伊拉斯谟·科恩,要么独酌,要么与一个面色红润的小个子男人对饮他的红葡萄酒;因为此人的记忆保留的正好就是同一段时光;饮他的美酒,讲他的故事,背诵拉丁文、维吉尔和卡图卢斯,仿佛语言是他嘴唇上的美酒。只是——有时候一个人会遇到这种情况——如果这位诗人跨步进来如何是好?他也许会指着这个胖墩墩的汉子问:"这是我的形象吗?"此人的头脑毕竟是我们中间维吉尔的代表,尽管身体十分贪吃,为了弄清武器,蜜蜂,甚至耕犁①,科恩口袋里揣一本法国小说,膝上盖一条毯子,去国外游历了一番,谢天谢地,他又回到自己的故土,自己的专业,他那小巧的镜子里镶有维吉尔的头像,周围有三一学院导师们的美妙故事和葡萄酒的红光相映生辉。然而语言是他唇上的美酒。维吉尔绝不会在别的地方听到这样的事情。尽管乌姆菲尔比老小姐沿后花园漫步时,将他的诗歌吟唱得悦耳动听,而且准确无误,可一走到克莱尔桥,她总是碰到这样一个问题:"不过要是我遇见他,该穿什么好呢?"——然后,一走上去纽纳姆学院的林荫道,她又想起书上从未写过的男女相会的别的细节来。她讲课时听讲的人数还不及科恩的一半,而她本来可以在阐释课文时要说的东西永远都被遗漏掉了。总而言之,如果把被教的作者的形象摆在一名教师面前,那镜子也会破碎的。而科恩呷着他的酒,他的得意过去了,不再是维吉尔的代言人了。不,他更像建筑工人,评估员,或

---

① 古罗马诗人维吉尔的长篇史传《埃涅阿斯纪》有很多战争场面的描写;《农事诗》有耕种、养蜂的描写。

检验员；在名称之间划上线，把名单挂在门上面。那就是光必须照透的织物，如果光能够照耀的话——所有这些语言之光，汉语和俄语、波斯语和阿拉伯语；符号和图像之光；历史之光，已知和将知的事物之光。所以，如果夜晚在外海翻滚的波涛上，人们看到水面上的一层薄雾，一座灯火闪亮的城市，甚至天空中的一片白光，就像此刻里面仍有人用餐或洗碗碟的三一学院食堂上空的白光，那也许就是那里燃着的灯光——剑桥之光。

"咱们到西米恩的房间去转转。"雅各说，他们讲定了以后便卷起了地图。

院子四周的灯都亮了，灯光洒在鹅卵石上，映衬出黑糊糊的一块块草地和一朵朵雏菊。小伙子们现在都回到了各自的房间。天知道他们在干什么。能这样掉下的东西会是什么呢？人们匆匆走过时都纷纷驻足，弯下腰看一只泛着泡沫的窗台花箱，他们上楼的上楼，下楼的下楼，直到院子里满满当当，成了挤满蜜蜂的蜂巢，回家的蜜蜂满身披金，昏昏欲睡，嗡嗡嘤嘤，突然扯起了嗓子；月光奏鸣曲响起来，华尔兹随之应和着。

月光奏鸣曲不停地丁冬；华尔兹噼啪轰鸣。虽然小伙子们仍进进出出，走路的样子仿佛是去赴约。时不时地砰的一声，仿佛什么笨重的家具冷不防自动倒了，却没有淹没在饭后常有的那种纷乱之中。想必家具倒地时，小伙子们看书的眼睛会抬起来。他们在看书吗？空气中肯定弥漫着一种专注的气息。灰墙背后坐着那么多小伙子，有的无疑在阅读，看杂志的，看廉价惊险小说的，毫无疑问；腿也许搭在椅子扶手上；吸着烟；趴在桌子上写东西，笔在动，脑袋随着转圈子——这些人哪，单纯的小伙子呀，他们会——不过没有必要想到他们变老的事；有的吃着糖果；这里有人在斗拳；呵，霍金斯先生准是气疯了，突然推起窗户大叫："约——瑟夫！约——瑟夫！"接着他拼命跑过院子，这时候，一个上了年纪的男子，穿件绿围裙，端着一大摞洋铁盖子，迟疑了一下，稳了稳步子，又向前走去。不过这只是个小插曲。有些小伙子躺在浅扶手椅里阅读，双手捧着书本，就好像捧着什么会叫他们渡过难关的法宝似的；因为他们都饱受煎熬，都来自内地城镇，又是牧师子弟。有的在读济慈。还有卷帙浩繁的史书——了解神圣罗马帝国必须从卷首读起，此刻一定有人开始这样做。这是那种专注的一部分，尽管在一个炎热的春夜，这样做将会是危险的——在雅各随时都可能推门出现的情况下，过于专注一本书正在读的一些篇章，也许是危险的；要不，理查德·博纳米不再读济慈，便开始撕下一张旧报纸，搓起长长的粉红色纸捻儿来，他弯着身子，脸上再没有急切、满足的表情，却几乎露出一副凶相。为什么？可能仅仅是因为济慈英年早逝吧——随便一个人也想写诗，恋爱——哼，这群野兽！难如登天啊。但如果在下一层楼的那个大房间里，有两三个，四五个小伙子，个个都坚信这一点——也就是，相信兽性，以及是非之间的明确界限，那就没有这么难了。这里有一张沙发，几把椅子，一张方桌，由于窗子开着，所以可以看到他们的坐姿——这儿伸出了两条腿，沙发一角那儿又蜷缩着一个人；也许有人站在壁炉围栏旁边说话吧，因为你看不见。反正雅各骑在一把椅子上,从一只长盒子里抓枣子吃,突然扑哧一声大笑起来。沙发角儿上传来了回应;因为他的烟斗是举在空中的,后来放下了。雅各打了个转身。对那个问题,他有话要说,可桌边那个强壮的红发小伙慢悠悠地摇头晃脑,似乎并不赞同;接着他掏出了铅笔刀,连连把刀尖扎进桌上的一个节疤里去,仿佛确认壁炉围栏那里传来的声音讲的就是真理——雅各对此也无法否认。说不定雅各收拾完枣核的时候,他可能会发现还有话要说——他的嘴的确张开了——只是后来爆发出一阵大笑来。

笑声在空中消逝了。教堂旁边站的人很难听到这声音,因为教堂铺展在院子的对面。笑声消逝了,只能看到房间里臂膀挥舞,身影移动,在搞什么名堂。难道发生了争执?难道在对船赛打赌?难道根本不是这类事情?那么在昏暗的房间里,挥臂动体地搞什么名堂呢?

窗外一两步之内一无所有,只有环抱着的建筑物——直直的烟囱,平平的屋顶;也许,对于一个五月的夜晚,砖头、建筑过多了点。接着,你眼前会浮现出光秃秃的土耳其山丘——嶙峋的轮廓，干燥的土壤，缤纷的花朵，和女人们肩头的色彩，她们光腿站在河里，在石头上捶打衣物。流水在她们的脚踝周围打旋儿。但是透过剑桥的夜幕，这一切都看不清了。连钟声都显得瓮声瓮气；仿佛从讲坛传来的某个虔敬的人的吟诵；仿佛历代学人听到最后的时刻滚过他们的队列，被他们打发走了，由于对他们的祝福，由于被活人的利用，已经磨得又光又秃了。

小伙子来到窗前，伫立在那里，放眼向院子那面望去，难道这是要接受过去的这份礼物？那是雅各。他站在那里，吸着烟斗，钟最后当地一响，在他的周围轻轻地回荡。也许发生过一场争执。他看上去志得意满；确实技艺超群；他站着站着，那种表情发生了些微变化，钟声带给他（也许是）一种古建筑和旧时光的感觉；而他自己就是继承人；接着是明天；还有朋友们；一想到他们，似乎有了绝对的信心和快乐，他打了个哈欠，伸了伸懒腰。

与此同时，他们在他身后搞的那种名堂，不管是不是争吵造成的，那是种精神方面的名堂，坚硬却又短暂，如同与教堂的黑石头比试的玻璃被撞成了碎片，因为小伙子们从椅子和沙发角儿上站起来，在房间里喊喊喳喳、推推搡搡，一个把另一个挤到卧室门上，门一撞开，俩人一起跌了进去。后来，就剩下雅各一个坐在浅扶手椅上，一起还有马沙姆？安德森？西米恩？噢，是西米恩。其他人都走了。

"……背教者尤里安……"他们哪一个这么说了一声，别的话都含糊其词？但午夜前后那里有时会起大风，就像个突然醒来的蒙面人；现在这股风拍拍打打刮过了三一学院，把看不见的树叶卷到空中，刮得天昏地暗。"背教者尤里安"——接着就起风了。蹿上榆树枝头，吹鼓了远处的船帆，古老的纵帆船剧烈地颠簸，炎热的印度洋上大浪排空，随后一切又恢复了平静。

所以，如果刚才那位戴面纱的女郎穿过三一学院的各个院落，此刻她就裹紧衣裙，头靠着柱子，又打盹儿了。

"不知怎么的，这似乎至关紧要。"

这低沉的声音是西米恩的。

回答他的声音更低。烟斗啪地一声尖响，磕在壁炉架上，把话打消了。也许雅各只"嗯"了一声，或者根本没有出声。真的，这些话是听不见的。这就是情投意合、心心相印时的一种灵犀交融。

"噢，你好像研究过这个问题。"雅各说着，就起身站到西米恩的椅子旁边。他稳了稳身子；稍稍晃了一下。他显出一副喜不自胜的样子，仿佛只要西米恩一说话，他的快乐就会齐边满沿，向四面八方溢出来。

西米恩一言不发。雅各一直站着。然而情投意合——它充满了整个房间，平静，深沉，犹如一池水。无须言语，无须行动，它轻轻地升起，漫过了一切，抚平心灵的创伤，点燃心灵的火焰，给心灵涂上珍珠的光泽，因此如果你谈及光，谈及光焰四射的剑桥时，它相关的不仅仅是语言。它相关的是背教者尤里安。

然而，雅各走动起来。他咕哝了一声晚安，出门走进了院子。他扣上夹克衫胸前的扣子，回自己的房间去，由于他是唯一在那个时候回屋的人，所以脚步格外响亮，身影尤显高大。教堂，食堂，图书馆，都回响着他的脚步声，仿佛那古老的石头回荡着庄严的权威："小伙子——小伙子——小伙子——回他的房间。"

四

何必苦读莎士比亚呢？尤其是这种又小又薄的平装本，书页不是由于被海水泡皱，就是被它粘到一起了。尽管莎士比亚的戏剧叫人赞不绝口，甚至屡屡被人引用，地位抬得比希腊戏剧还高，但是自从出海以来，雅各一本也没有读完。可这是多好的机会啊！

锡利群岛进入了蒂米·达兰特的视野；看上去，就像恰好浮出水面的山峰。他的计算毫发不爽。确实，他坐在那里，手握舵柄，面色红润，刚长出一抹茸茸的胡子，神情严肃地注视着星空，然后又看看罗盘，准确无误地琢磨着永恒的课本上他读的一页，看见他这番情景，准会让一个女人心动。当然，雅各不是女人。对他来说，蒂米·达兰特那幅景象绝不是什么胜景，绝不是能与天空和崇拜抗衡的景致；远远不是。他们吵过一架。莎士比亚就在船上，面对这样壮丽的情景，为什么怎么打开一听牛肉罐头才算正确这等小事就把他们变成了气冲冲的小学生？谁也说不上。不过，罐装牛肉是凉菜；海水又使饼干变了味；波涛一个劲地翻滚跳跃，永无休止——在茫茫的海面上翻滚跳跃。时而漂过一缕海草——时而漂过一根木头。这儿沉过不少船。一两只船沿着自己的航线驶过。蒂米知道它们要驶向何方，船上装着什么货物，只用透过望远镜一望，就能说出航运公司的名称，甚至能猜出给股东们付多少股息。然而，雅各没有理由为这个生气。

锡利群岛看上去好像浮出水面的山峰……真倒霉，雅各把煤油炉的销子弄断了。

说不定，一片席卷而过的巨浪，就可以把锡利群岛永远勾销。

然而，你必须相信，年轻人承认：在这种情况下吃的早餐虽然糟糕，但很地道。没有必要交谈。他们各自掏出了各自的烟斗。

蒂米记下了一些科学观测数据；可是——是什么问题打破了沉默呢——确切的时间是什么时候，或者是哪月哪日呢？总而言之，说起话来了，场面一点也不尴尬；用的是世界上最实际认真的口吻；然而雅各开始解扣子，脱得只剩下一件汗衫，裸坐着，显然是打算洗个澡。

锡利群岛水域开始泛蓝；突然间，蓝、紫、绿在海面上涌动；最后留下一片灰色；划出一道条纹，旋即消失了；但是当雅各把汗衫从头上搂下来以后，整个波面蓝白相间，微波荡漾，水纹分明，尽管时不时地出现一片宽阔的紫痕，犹如一块青肿的淤伤；要么浮现出整块点染着黄色的翡翠。雅各一头扎入水中。他把水吞进去，又吐出来，双臂轮番拍打。他被一条绳子拖着，喘息着，溅泼着，最后又被拽上了船。

船上的座位热乎乎的，太阳暖烘烘地晒着他的脊背，他手拿毛巾，光身坐着，注视着锡利群岛——该死！帆啪地一摆。莎士比亚碰进水里去了。你眼睁睁地看着它高高兴兴地漂走了。书页急速翻动了不知多少回；然后书就沉下去了。

说来奇怪，你竟然能闻到紫罗兰的芳香。如果说七月里不可能有紫罗兰，那准是有人在陆地上种了某种气味刺鼻的植物。陆地,并不十分遥远——你可以看见悬崖上的裂缝,白色的农舍,袅袅的炊烟——呈现出一片宁静,一派阳光明媚、人气祥和的奇特面貌,仿佛智慧和虔诚突然降临到了那里的居民身上似的。这时传来了一声叫喊,好像是一个男人在大街上叫卖沙丁鱼。那里呈现出一派虔诚、宁静的奇特景象,仿佛老人倚门而立,抽着烟斗;仿佛女孩子们站在井边,双手叉腰,马儿也站在那里;仿佛世界的末日已然来临;菜地、石墙、海岸警卫站,尤其是那些无人看见的海浪飞溅的白沙湾,都在一种心醉神迷的状态中升了天。

然而,不知不觉间农舍的炊烟低垂下来,现出一幅举哀的景象,一面旗在一座坟的上空飘扬,抚慰着亡灵。海鸥自由地翱翔着,而后又静静地悬浮在半空,仿佛要盯住那座坟墓似的。

毫无疑问,如果这是意大利、希腊,甚或西班牙海岸,陌生、兴奋和古典教育的激发将会让忧伤朝特定的方向转移。然而康沃尔的山冈上只耸立着一些光秃秃的烟囱;不知怎么的,楚楚可怜就叫人痛断肝肠。是啊,这一根根烟囱、这一个个海岸警卫站、这一片片无人看见的海浪飞溅的小海湾,让人回想起那椎心泣血的悲伤。而这种悲伤又能是什么呢?

它是大地本身酿造成的。它来自那些海岸上的房舍。我们出发时天空清澈,后来便云团堆积。全部的历史都在我们的这块玻璃后面。逃避纯属徒劳。

但是这能否正确地解释雅各裸坐在阳光下、凝视着大地尽头时的抑郁之情呢?很难说;因为他一言不发。有时蒂米心里纳闷(只是一刹那),是不是他家里人让他心烦呢……不要紧的。有些事情是不能说的。咱们不去管它。咱们把身子擦干,先把凑手的东西拿起来……蒂米·达兰特的科学观测笔记。

"哎……"雅各说。

那是一场异常激烈的争论。

有些人能循着老路亦步亦趋地走下去,甚至还能在终点时独自迈出六英寸长的一小步;有些人却始终观察着外部的蛛丝马迹。

眼睛盯着拨火棍；右手把拨火棍拿上，举起来；慢慢地旋转着，然后，又分毫不差地放回了原地。左手搭在膝盖上，敲打着某首庄严而断断续续的进行曲。深吸一口气；但还没派上用场就把气吐完了。猫从炉前地毯上扬长走过。没有人注意它。

"我也只能走这么远了。"达兰特一锤定了音。

接下来的一分钟寂静得如同坟墓。

"随后……"雅各说。

随后只是半句话；但这些半句半句的话却像楼顶上插给下面的观光者看的旗帜。康沃尔的海岸带着紫罗兰的芳香、举哀的标志和宁静的虔诚，难道它只不过是他的思绪行进时碰巧悬垂在后面的一块屏幕？

"随后……"雅各说。

"是的，"蒂米沉吟了一会说，"就是这样。"

这时雅各撒起了欢儿，半是要舒展舒展筋骨，半是有点喜不自胜，无疑是因为他卷帆、擦脚时嘴里发出的那种奇怪透顶的声音——野腔无调——就算一种凯歌吧；因为已经抓住了论点，因为已经控制了局面，黑不溜秋，胡子拉碴，而且还能够乘坐一艘十吨的游艇周游世界，说不定哪一天他会这么做的，而不是坐到律师事务所里，还穿上一副鞋罩。

"我们的朋友马沙姆，"蒂米·达兰特说道，"可不愿意让人看见跟我们这副模样的人泡在一起。"他的扣子掉了。

"你认识马沙姆的姑姑吗？"雅各问道。

"我从来就不知道他还有个姑姑。"蒂米回答。

"马沙姆有成千上万的姑姑呢。"雅各说。

"《末日宣判书》中提到了马沙姆。"蒂米说。

"也提到了他的姑姑们。"雅各说。

"他的妹妹，"蒂米说，"可是个漂亮姑娘。"

"你会艳福不浅的，蒂米。"雅各说。

"艳福不浅的首先是你。"蒂米说。

"但我刚刚跟你谈到的这个女人——马沙姆的姑姑……"

"哎，说下去吧。"蒂米说，因为雅各笑得说不出话来了。

"马沙姆的姑姑……"

四　73

雅各笑得说不出话来。

"马沙姆的姑姑……"

"马沙姆究竟有什么好笑的?"蒂米问。

"见鬼——一个把自己的领带夹都吞下肚去的男人。"雅各说。

"不到五十岁就成了大法官。"蒂米说。

"他可是个绅士。"雅各说。

"威灵顿公爵才是个绅士。"蒂米说。

"济慈却不是。"

"索尔兹伯里勋爵是。"

"那么上帝是不是呢?"雅各问道。

这时候,仿佛从云端里伸出一根金手指,直指着锡利群岛;人人都知道这种景象是不祥之兆,这些敞亮的光芒,无论照耀着锡利群岛,还是大教堂里十字军战士的坟墓,总会动摇怀疑论的基础,让人们拿上帝开开玩笑。

"与我在一起:

 黄昏来何急;

暮色愈见浓；

主啊,与我在一起。"

蒂米·达兰特唱道。

"我们那儿过去有一首圣歌,是这样开头的:

上帝啊,我能看到听到什么呀?"

雅各说道。

离船很近的地方,海鸥三个一群两个一伙悬浮在空中,轻轻地晃动着;那只鸬鹚仿佛跟着它那紧张的长脖子做永恒的追求,几乎贴着水面掠过,飞向下一块岩石;岩洞里,海潮的嗡嗡声从水上传来,低沉、单调、仿佛有个人在自言自语。

"千年古岩,为我裂开,

让我藏进你胸怀。"

雅各唱着。

犹如某个怪兽的钝牙,一块岩石破水而出,棕色的;海水漫卷,形成一股股永不停息的瀑布。

"千年古岩。"

雅各唱着,仰面朝天躺着,凝视着正午的天空,朵朵云彩全被撤走了,就像什么东西,揭走了盖子,展览到永远。

到了六点,从冰原上吹来一股微风;七点,海水由蓝变紫;七点半,锡利群岛四周呈现出一片粗肠膜的颜色,达兰特坐着掌舵行船,脸色就像祖祖辈辈擦拭过的红漆盒子。九点,天空的红霞、乱云全都退尽,留下一块块楔形的苹果绿和圆盘形的淡黄;十点,船灯在海浪上涂抹着曲曲弯弯的色彩,时而细长,时而粗短,随着海浪的舒展或隆起产生变化。灯塔的巨光迅速跨过海面。亿万里之外,粉尘似的星星闪闪烁烁;海浪拍打着小船,带着规律而可怕的庄严轰击着岩石。

尽管有可能敲开农舍的门,讨杯牛奶,但唯有口渴难耐才会让人迫不得已去侵扰别人。不过说不定帕斯科太太倒会欢迎有人这么做。夏季的白天也许消磨起来沉甸甸的。她在小洗涤室里洗洗涮涮，可以听到壁炉架上那只便宜钟嘀嗒，嘀嗒，嘀嗒……嘀嗒，嘀嗒，嘀嗒。就她一个人在家。丈夫出外给法默·霍斯金帮忙去了，女儿结婚后去了美国。大儿子也成了家，但她和儿媳合不来。那位美以美会教派的牧师过来把小儿子带走了。只剩下她一个人在家里守着。一艘轮船，也许是开往加的夫的，这会儿正从天际驶过，近处，一朵毛地黄挂钟儿摇来摆去，一只野蜂在采钟蕊的蜜。

康沃尔的这些白色农舍统统建在悬崖边上；菜园里的荆豆比白菜长得更欢；某个原始人把大块大块的花岗石堆起来，权当树篱。其中有一块，据一位史学家推断，是用来盛牺牲的血的，所以上面挖了个盆儿，如今，它更加服帖地让那些想饱览"舫鲱头"风光的游客安坐其上。并非什么人反对农舍花园里出现印花布蓝裙子和白围裙。

"瞧——她必须从花园的井里打水。"

"冬天，狂风横扫山丘，海浪猛打岩石，这里一定非常冷清。"

即便在夏日，你也能听见海浪在絮语。

帕斯科太太打上水，进了屋。游客后悔没有带望远镜，要不然他们就可以一睹那艘浪迹天涯的轮船的名字了。确实，这样晴空万里的日子，哪里还有望远镜看不到的东西。两条渔船也许是从圣艾夫斯湾驶来的，正扬帆与那艘轮船反向而行，海面时而澄澈，时而浑浊。至于那只蜜蜂，吸足了蜜以后，便去造访那棵起绒草，然后就径直飞向帕斯科太太的菜园，又把游客的目光吸引到了老太太的印花布裙和白围裙上，因为她已经来到农舍的门前，正在那里站着呢。

她站在那儿，手搭凉篷，眺望着大海。

这也许是她一百万次眺望大海了。一只孔雀蛱蝶双翼舒展落在起绒草上，这是一只新近出现的蝴蝶，从翅膀上的蓝褐色绒毛便可一望而知。帕斯科太太进屋去了，拿了一只奶锅，又出来，站在那里擦拭。她的脸确实不温柔，不性感，也不淫邪，而是显得刚毅、睿智，更确切地说，健康，在一个挤满圆滑世故的人的屋子里显示出有血有肉的生机。她爱说谎，不过也爱讲真话。她背后的那面墙上挂着一只大干鳐。关在起居室里以后,她珍视的是那些小地毯、瓷缸子和照片,尽管这间有股霉味的小屋只用一砖厚的墙阻挡海风的侵袭。透过花边窗帘的缝隙可以看见塘鹅像块石头一样飞落下去。风狂雨骤的日子里,海鸥从空中飞来,瑟瑟发抖,轮船上的灯光忽高忽低。冬夜的声音一片凄凉。

画报准时在星期天送到,她把辛西娅小姐在西敏寺举行婚礼的报道琢磨了很久很久。她也喜欢坐一辆有弹簧的四轮马车。那种温柔、轻快、有教养的言谈往往把她的几句粗话搞得自惭形秽。然后,她整夜听到的是大西洋碾磨岩石的声音,而不是双轮双座马车和男仆吹着口哨叫汽车的声音……因此,她一面擦拭奶锅,也许一面还做着白日梦。然而那些嘴巴麻利、头脑机灵的人都进城了。她像个守财奴似的,把感情藏在心里。这些年来,她一丝一毫也没改变,瞧着她叫人心怀妒意,仿佛她身上全是纯金。

这个聪慧的老妇人,目光凝视过大海后,又一次撤离了。游客们决定向"鲂鮄头"进发。

三秒钟后,达兰特太太轻轻地叩起门来。

"帕斯科太太吗?"她问道。

达兰特太太傲慢地看着游客们从田间小路上走过。苏格兰高地有一个种族因它的酋长而闻名于世,她就是那个种族的后裔。

帕斯科太太出现了。

"帕斯科太太,我真羡慕你那簇灌木。"达兰特太太一边说,一边用刚叩过门的遮阳伞指着旁边长的那簇漂亮的金丝桃。帕斯科太太不以为然地看了那簇灌木一眼。

"我希望儿子一两天就到,"达兰特太太说,"他和一个朋友从法尔茅斯驾一条小船过来。有莉齐的消息吗,帕斯科太太?"

她的几匹长尾巴小马在二十码开外的路上抽动着耳朵。男仆克诺不时地挥赶着马身上的苍蝇。他看见主人进了小屋,又走了出来;绕着小屋前的菜园转了一圈,从她的手势可以看出她谈得十分起劲。帕斯科太太是他的姑妈。两个女人察看着一簇灌木。达兰特太太弯腰从上面折了一根小枝。然后她指着(她的动作盛气凌人;腰杆儿挺得笔直）那片土豆。土豆得了枯萎病。那一年，所有的土豆都得了这种病。达兰特太太向帕斯科太太指出她土豆的枯萎病多么严重。达兰特太太劲头十足地说着；帕斯科太太低眉顺眼地倾听着。男仆克诺知道达兰特太太在说什么，这极其简单：你给药粉加一加仑的水搅匀就行了；"我家花园里的枯萎病就是我亲手治的。"达兰特太太在说。

"你的土豆一个也剩不下了——你的土豆一个也剩不下了。"当她们走到大门口时，达兰特太太用斩钉截铁的口气说着。男仆克诺纹丝不动，像块石头似的。

达兰特太太抓起缰绳，坐到了车夫的座位上。

"当心那条腿，实在不行的话，我给你请个医生来。"她扭头喊道；轻轻抽了抽小马，马车就启动了。克诺差点儿给落下了，他靴尖一点，纵身一跃，才算是上了车。男仆克诺坐在后座中间，望着姑妈。

帕斯科太太站在大门口，目送着他们；在大门口一直站到马车拐过弯；仍旧站在大门口左顾右盼了一阵子；才回屋去了。

不久，马儿们便奋起前腿向隆起的荒野路发起了冲

四

击。达兰特太太松了缰绳,身子向后靠着。她那股轻松愉快的劲头已荡然无存。她那个鹰钩鼻子薄得好像一片几乎能透光的白骨。她的双手搭在放在腿上的缰绳上,即便在歇息,仍然显得有力。她的上唇很短,从门牙上翘起来,几乎透着一丝冷笑。帕斯科太太的心系在那块孤零零的菜地上,她的心思却飞到了千里之外。马儿爬着坡,她的心飞到了千里之外。她的心飞来飞去,仿佛那一座座无顶的农舍、一堆堆的煤渣以及一片片毛地黄和刺藤丛生的菜园,都在她的心上投下了阴影。到了山顶,她停下马车。四周苍山起伏,每一座山上古岩错落;下面就是大海,就像南方的海洋一样变幻无常;她坐在那里倚山望海,身子挺得笔直,鼻子像鹰钩嘴,心绪喜忧参半。突然,她抽了抽马,男仆克诺只好靴尖一点,纵身一跃上车。

乌鸦落下去;乌鸦飞起来。它们起落无常,树林仿佛容不下那么多住户安家似的。微风吹来,树梢随风歌唱;虽是盛夏季节,树枝的嘎吱声仍依稀可闻,不时地掉下一些树皮、细枝来。乌鸦飞起又落下,聪明点的鸟儿准备落窝，因此每次飞起来的数目越来越少。暮色已浓，林子里面几乎全黑了。青苔软绵绵的；一根根树干如同一个个幽灵。远处是一片银色的草地。蒲苇从草地尽头的绿岗上竖起羽毛似的嫩芽。一汪水闪闪发光。旋花蛾在花儿上盘旋。橘黄与绛紫，旱金莲和缬草，沉浸在暮色里，但烟草和西番莲白花花的，像瓷器一般，大飞蛾在上面飞旋。树顶上，乌鸦一起扇动翅膀，发出扑扑腾腾的声音，正准备安眠，这时候，远处有种熟悉的声音在震颤——愈来愈响——在它们的耳旁鼓噪——把神圣而困倦的翅膀又惊飞起来——原来是屋里开饭的铃声。

在海上经过六天的风吹、雨淋、日晒，雅各·佛兰德斯穿上了小礼服。这件朴素的黑玩意儿在船上曾时不时地出现在罐头、泡菜和腌肉中间，随着航程的进展，变得越来越不得体，简直令人难以置信。而现在，这世界平稳下来，烛光灿烂，只有这件小礼服保护着他。他真是感激不尽。即便如此，他的脖子、手腕和面孔依然露在外面，没有遮掩，他浑身上下，无论是露在外面的，还是裹在里面的，都热辣辣的，红通通的，搞得那块黑布也只能成为一块漏洞百出的屏幕。他把放在桌布上的那只又大又红的手缩回来。他偷偷摸摸地时而抓住细细的长脚杯，时而攥住弯弯的银叉子。排骨装饰着粉红的纸卷饰，昨天他啃过肉骨头呢！他的对面是一些朦朦胧胧、半透明的黄蓝两色的形体。再后面是灰绿色的花园，在鼠刺梨形的叶子中间，渔船似乎卡住了，止步不前。一艘大帆船从女人们的背后缓缓驶过。暮色中两三个人影急匆匆地穿过露台。门开了，又关上。没有什么固定完整的东西。如同船桨时而划向这边，时而划向那边，桌子两边的闲言碎语忽而传到这里，忽而传到那里。

"哎，克拉拉，克拉拉！"达兰特太太大喊，蒂莫西·达兰特也随声附和："克拉拉，克拉拉。"雅各认定裹着黄色薄纱的那个形体就是蒂莫西的妹妹克拉拉。那姑娘坐在那儿笑眯眯的，脸色绯红。她长的也是哥哥那样的黑眼睛，模样儿比他模糊、柔和一些。笑声止住时，她说："可是妈妈，那是真的。他就是这么说的，是吧？艾略特小姐也同意我们的看法……"

然而，艾略特小姐，高高的个子，满头的灰发，正在挪地方，让那位从露台上进来的老人坐在她身旁。晚宴永远不会结束，雅各想，而他倒不希望它结束，尽管那船已从窗框的一角驶到了另一角，一盏灯标志着码头的尽头。他看见达兰特太太注视着灯光。她转身面对着他。

"你指挥还是蒂莫西指挥？"她问道，"请原谅我管你叫雅各。你的情况我可听说过不止三次五次了。"然后，她的目光又回到海上。望着海景，她的双眼呆滞无神。

"从前是个小村庄，"她说，"可现在变成了……"她站起身，拿着餐巾，站到了窗口。

"你是不是和蒂莫西吵架了？"克拉拉怯生生地问，"我倒是应该吵一架。"

达兰特太太从窗边走回来。

"天越来越晚了。"她坐得笔直，低头看着桌子说道，"你们也不害羞——你们大家。克拉特巴克先生，你也不害羞。"她提高了嗓门，因为克拉特巴克先生是个聋子。

"我们害羞呢。"一个女孩说道。但那位长胡子的老

四

头儿一个劲儿地吃着李子馅饼。达兰特太太大声笑着靠到了椅背上,仿佛在纵容他似的。

"这事儿就看您了,达兰特太太,"一个戴着厚厚的眼镜、长着一撇火红的小胡子的小伙子说,"我说,条件全兑现了。她现在欠我一个金镑。"

"不是提前吃——是就着鱼一起吃,达兰特太太。"夏洛特·威尔丁说。

"就是那样打的赌;就着鱼一起吃,"克拉拉一本正经地说,"妈妈,大家说的是秋海棠,就着鱼吃秋海棠。"

"哦,天哪!"达兰特太太说。

"夏洛特不会给你钱的。"蒂莫西说。

"你怎敢……"夏洛特说。

"那特权就归我了。"温文尔雅的沃特利先生说着就拿出了一只装金镑的银匣,把一枚金币悄悄放到桌子上。接着,达兰特太太站起身,走过了屋子,身体挺得笔直,穿着黄、蓝、银灰各色的薄纱裙的女孩子们紧随其后,还有穿天鹅绒衣裙、上了年纪的艾略特小姐;一位身材矮小、面色红润的女人在门口迟疑不决,一脸的清纯、谨慎，也许是个家庭教师。大家都走出了敞开的门。

"夏洛特，等你到了我这岁数。"达兰特太太说，她正挽着那老姑娘的胳膊在露台上来回踱步。

"您干吗这么难过呢？"夏洛特冲动地问。

"我显得很难过吗？但愿不是。"达兰特太太说。

"刚才有点儿。你其实并不老。"

"还不老，儿子蒂莫西都这么大了。"她们停下了脚步。

艾略特小姐正在露台边上，用克拉特巴克先生的望远镜观望。那聋老头就站在旁边，捋着胡子，朗诵着星座的名称："仙女座，牧夫座，西顿座，仙后座……"

"仙女座。"艾略特小姐一边嘟囔，一边把望远镜的方位稍稍改变了一下。

达兰特太太和夏洛特顺着指向星空的望远镜筒望去。

"星星多得数不清。"夏洛特毫不含糊地说。艾略特小姐转过了身。突然餐厅里的年轻人爆发出一阵笑声。

"我去看看。"夏洛特急切地说。

"星星使我心烦，"达兰特太太一边说一边和朱丽娅·艾略特从露台上往下走,"我曾读过一本关于星星的书……他们在说什么?"她在餐厅的窗前站住了。"蒂莫西。"她强调说。

"还有那个沉默的年轻人。"艾略特小姐说。

"对,雅各·佛兰德斯。"达兰特太太说。

"哟,妈妈!我没认出是您!"克拉拉和艾尔斯贝思从对面走来,喊道,"多香啊。"她揉着一片马鞭草叶子,细声细气地说。

达兰特太太转身独自走开了。

"克拉拉。"她喊了一声。克拉拉向她走过去。

"这母女俩多么不同啊!"艾略特小姐说。

沃特利先生吸着一支雪茄,从她们身边走过。

"我每活一天就发现自己赞同……"他说着从她们身旁走过。

"猜起来真有意思……"朱丽娅·艾略特喃喃地说。

"我们头一回出来时,能看到那个花坛里花儿朵朵。"艾尔斯贝思说。

"现在几乎看不见了。"艾略特小姐说。

"当年，她一定很美，当然了，谁见谁爱，"夏洛特说，"我想沃特利先生……"她打住了。

"爱德华的死是个悲剧。"艾略特小姐断然说。

说到这里，厄斯金先生插了进来。

"就没有沉默那档子事，"他斩钉截铁地说，"这样的夜晚，我还能听到二十种不同的声音。还不算你们说话的声音。"

"愿意打个赌吗？"夏洛特问道。

"行，"厄斯金先生说，"一，海；二，风；三，狗；四……"

其他人接了下去。

"可怜的蒂莫西。"艾尔斯贝思说。

"一个非常美好的夜晚。"艾略特小姐冲着克拉特巴克先生的耳朵喊道。

"想看星星吗？"老头儿说着便把望远镜转向艾尔斯贝思。

"难道这样你不觉得伤感吗——看星星？"艾略特小姐喊道。

"怎么会呢,怎么会呢,"克拉特巴克先生明白过来后,咯咯地笑起来,"这怎么会叫我伤感呢?没有的事——怎么会呢。"

"蒂莫西,谢谢你,不过我就要进去了,"艾略特小姐说,"艾尔斯贝思,给你披肩。"

"我要进去了,"艾尔斯贝思眼睛对着望远镜边看边嘟囔,"仙后座,"她又嘟囔道,"你们都在哪里呢?"她一边问,一边把眼睛从望远镜上移开,"天好黑啊!"

客厅里,达兰特太太坐在一盏灯旁缠着一团毛线。克拉特巴克先生在看《泰晤士报》。远处还有一盏灯,年轻小姐们围坐在那儿,在银光闪烁的布料上闪动着剪刀,为一些家庭演出准备行头。沃特利先生在看书。

"是的,他完全正确。"达兰特太太说着就直起了身子,不绕毛线了。当克拉特巴克先生阅读兰斯道恩勋爵演说的剩余部分时,她坐得笔直,再没有碰她的毛线团。

"啊,佛兰德斯先生。"她说,语气十分自豪,仿佛在跟兰斯道恩勋爵本人说话。然后她叹了口气,又绕起了毛线。

"坐那儿吧。"她说。

雅各本来在窗边的阴暗处盘桓,这时走了过来。灯光泻在他身上,把每一个毛孔都照得通亮;但当他坐着凝视窗外的花园时,脸上的肌肉纹丝不动。

"我想听听你们的航行情况。"达兰特太太说。

"那好。"他说。

"二十年前,我们干过同样的事情。"

"噢。"他说。她目光犀利地盯着他。

"他真是笨到家了,"她想,注意着他怎样摸弄着脚上的袜子,"但相貌不凡。"

"那个时候……"她接着说,向他描述当年他们是怎样航行的……"我丈夫对航海相当在行,我们结婚前他就有一只游艇……那时候他们不知道天高地厚,根本不把那些渔民放在眼里,差点儿把命都赔进去了,不过倒也十分自豪!"她把抓着毛线团的那只手猛地伸了出去。

"我替您拿着毛线,好吗?"雅各生硬地问。

"你就是这么帮你妈的吧,"达兰特太太说,递毛线的时候,又用锐利的目光盯着他,"是的,这样好绕多了。"

他笑了笑;但没有吱声。

艾尔斯贝思·西顿斯在他们身后盘桓着,胳膊上有个银光闪闪的东西。

"我们想……"她说,"我是来……"她又打住了。

"可怜的雅各,"达兰特太太平静地说,仿佛她对他的一生已了如指掌似的,"她们想让你在剧中演个角色。"

"我多爱您啊!"艾尔斯贝思说着就跪在了达兰特太太的椅子旁。

"把毛线给我。"达兰特太太说。

"他来了——他来了!"夏洛特·威尔丁喊道,"我的赌打赢了!"

"上面还有一串。"克拉拉·达兰特喃喃地说着,又上了一级梯子。雅各扶着梯子,克拉拉伸出手去够高处的葡萄。

"好啦!"她说着就把藤枝儿剪断了。掩映在葡萄叶和一串串或黄或紫的葡萄中,她的脸色显得半透明,苍白而格外美丽，阳光在她身上游移，斑斑驳驳，仿佛一座座色彩斑斓的小岛。木板上摆着一盆盆天竺葵和秋海棠；番茄秧爬到了墙上。

"确实需要把叶子打稀一点。"她心想，一片绿叶像只手掌一样摊开，盘旋着从雅各头上飘下来。

"现有的我已经吃不了了。"他仰起头说。

"确实荒唐，"克拉拉开口了，"要回伦敦……"

"笑话。"雅各坚定地说。

"那么说……"克拉拉说，"你明年必来无疑了。"她说着，又乱剪了一片葡萄叶。

"如果……如果……"

一个小孩喊叫着从温室旁跑过。克拉拉挎着一篮葡萄慢慢地从梯子上下来。

"一串白的，两串紫的。"她说着，往暖洋洋地蜷在篮子里的葡萄上盖了两片大叶子。

"我过得很开心。"雅各低头望着温室说。

"是的，令人愉快。"她含糊其词地说。

"哦，达兰特小姐。"他说着，接过了篮子，但她却从他身边经过，朝温室门走去。

"你真是太好了——太好了。"她想，想到雅各，想到他绝不会说他爱她。不会，不会，不会的。

孩子们像旋风似的从门口跑过去，向高空扔着东西。

"小鬼！"她喊道，"他们手里拿的是什么？"她问雅各。

"我想是洋葱吧。"雅各说。他一动不动地看着孩子们。

"雅各，记着噢，明年八月。"达兰特太太在露台上一边说，一边和他握手，樱花挂在她的脑后，像只红色的耳环。沃特利先生脚穿一双黄色拖鞋，从落地窗里走出来，拿着《泰晤士报》，热情地伸出手来。

"再见。"雅各说。"再见。"他重复着。"再见。"他又说了一遍。夏洛特·威尔丁猛地打开卧室的窗户叫着："再见，雅各先生！"

"佛兰德斯先生！"克拉特巴克喊道，竭力从那把蜂房状的椅子上解脱出来。"雅各·佛兰德斯！"

"太晚了，约瑟夫。"达兰特太太说。

"坐着，让我照张相还不晚。"艾略特小姐说着，把三脚架支到了草地上。

五

"我倒是认为,"雅各把烟斗从嘴上拿下来说,"它出自维吉尔。"说完,便把椅子往后一推,朝窗子走去。

世界上最疯狂的司机,肯定要数那些开邮车的了。那辆红邮车冲过兰姆水道街,在邮筒旁边突然来了个急转弯,不但蹭了道边石,而且惊得那个踮着脚尖往邮筒里投信的小女孩抬起头来,又害怕,又好奇。她手探在信箱口愣了一下;然后把信一丢,跑了。我们看见一个踮着脚尖的孩子时,很少动过恻隐之心——更常见的则是心里有一种隐隐约约的不快,鞋里的一粒沙子,几乎犯不着取出来——这便是我们的感觉,于是——雅各转向了书橱。

从前,这里住的是大人物,午夜已过,他们才从宫廷回来,把缎子衣服下摆绾成一团,站在精雕细刻的门柱下,这时睡在地垫上的仆人挣扎着醒过来,赶紧扣住马甲下面的几个扣子,把他们迎进门来。十八世纪的苦雨泄进水沟。然而,如今的南安普顿街之所以引人注目,主要是因为在那儿,你总能发现一个极力向裁缝兜售乌龟的商贩。"展销花呢,先生;上等人衣服,讲究的就是靓丽夺目,先生——还有干净,先生!"于是他们便把乌龟亮出来。

在牛津大街的穆迪图书馆的拐角上,红色的、蓝色的珠子统统串在线上。公共汽车纠结在一起。正在进城的施波尔丁先生盯着前往牧羊人丛林①的查尔斯·巴奇恩先生。公共汽车靠得很近,这就给靠外的乘客一个相互注视的机会。然而很少有人利用这样的机会。人人都有自己的事情好想。个个都把往事锁在心里,好像那是背得烂熟的一本书里的片片书页;他的朋友只能念出书名;詹姆斯·施波尔丁,或者查尔斯·巴奇恩,而迎面过来的乘客却什么也念不出来——除了"一个红胡子男人","一个身穿灰装、嘴叼烟斗的青年"。十月的阳光照耀着这些一动不动坐在车上的男男女女;小约翰·斯特金乘机纵身一跃跳

---

① Shepard's Bush,位于伦敦西部的一个地区。

下车梯，提着那个神秘的大包，在车水马龙间，左躲右闪上了人行道，吹起了口哨，很快便湮没于人海中——永远杳无踪迹了。公共汽车一路颠簸，想到离自己旅程的终点又近了一点，人人都由衷地松了一口气，尽管有的人用往后享受的指望——在城里一家市区酒店烟雾腾腾的角落里，吃吃牛排和腰子布丁，喝喝酒，或者玩一局多米诺骨牌，哄骗自己，从而忘掉眼前的麻烦。是啊，当警察举臂把车拦住，太阳晒着你的后背，坐在霍尔本的一辆公共汽车的顶层，人生还是蛮过得去的嘛，如果有一种人分泌出来、容纳自己的壳那样的东西，我们在这里便发现了，大街汇集的泰晤士河两岸，圣保罗大教堂宛如蜗牛壳顶上的涡螺一般，是最后的点睛之作。雅各下了车，吊儿郎当，拾级而上，看了看表，最后决定还是进去……难道这还需要动脑筋？是啊。这些情绪的变化多么耗人哪。

这儿光线昏暗，有白色大理石的鬼魂附身，风琴永远向它们吟唱。要是一只靴子嘎吱一响，那可够怕人的；还有仪式；教规。司仪用他的权杖把下面的生命摆平。天使般的合唱队员甜美、圣洁。尖细的歌声，琴声永远在大理石肩膀周围缭绕,在交叉的指缝里进出。永不停息的安魂曲——安息。年复一年,里杰特太太一直在擦洗咨询会办公室的台阶,擦累了,便在那位伟大的公爵墓下面坐下,两手交叉,双目半眯。对于一个老妇人来说,这可是个豪华的休息场所,身边安放着那位伟大的公爵的遗骨,他的丰功伟绩对她来说,毫无意义,他的名字她也一无所知,尽管她从来不会忘记向对面的小天使们打个招呼。出来时,希望自己的坟墓上也有同样的景象,因为厚重的心扉已经敞开了,安息的思绪、甜美的旋律便蹑手蹑脚地溜了出来……不过,黄麻商人斯派塞老头,可没有这种遐想。说来奇怪,这五十年来,他从未进过圣保罗大教堂的门,尽管他办公室的窗户就对着教堂墓地。"就这么回事?唉,一个悲凉、古老的地方……纳尔逊的墓在哪儿?这回来不及了——下回吧——要给募捐箱里投一枚硬币……是雨天还是晴天?唉,天要是能下定决心该有多好!"孩子们吊儿郎当地往里溜——教堂司事挡住了。——一个又一个……男男女女!老老少少……抬起眼睛,噘着嘴唇,同样的阴影掠过同样的面庞;厚重的心扉敞开了。

从圣保罗大教堂的台阶上看，再没有比这一点更确定无疑了：那就是每个妇女都奇迹般地穿着上衣，裙子和靴子；有收入；有目标。只有雅各，手里拿着在拉德门山买的芬莱的《拜占庭帝国》，显得有点与众不同；因为他手里有一本书，他会准时在九点三十分坐在自己的壁炉边，把这本书翻开研究一番，而在这批芸芸众生中，再没有一个人会这样做的。他们无家可归。属于他们的是街道；商店；教堂；不计其数的书桌；连片的办公室灯光；那些货车是他们的，还有高悬在街道上方的铁路。要是你再仔细瞅瞅，你会看到三个上了年纪的人，彼此隔着一段距离，在人行道上玩"跑蜘蛛"，仿佛街道就是他们的客厅似的，这儿，有一个女人靠着墙，目光茫然，鞋带摊开，并不冲着你叫卖。海报也是他们的；新闻报导的就是他们。一座城市毁了；一场比赛赢了。一帮无家可归的人在天底下盘桓，蓝天白云被一片化为尘埃的钢屑和马粪结成的天棚挡住了。

那边，绿荫下，西布利先生埋头盯着白纸，把形象转移到对开纸上，你注意到每张书桌上都像食品一样摆放着一摞纸张，当天的营养，被那勤奋的笔慢慢吃光。数不清的高级外套，各有其主，整日空挂在一条条走廊里，但钟一敲六点，每一件都塞得满满当当，于是那些小小的身影儿，或者破开，形成两条裤筒，或者铸成粗粗的一块，保持一种角度，做出向前的动作，在人行道上突飞猛进；然后掉进了茫茫的黑暗。人行道的下面，深陷在地里的是一条条空空洞洞的排水沟，旁边一溜儿黄灯，永远指引着它们的去向，搪瓷牌上的大字，标明地上的公园、广场，和山上的圆形剧场。"大理石拱门——牧羊人丛林"——对大多数人来说，拱门和丛林永远是蓝底白字。只在一个地方——那也许是阿克顿、霍洛威，或者肯索山岗、加里东路——这种名字才指你购物的商店，也指一些住宅，其中一座的右边，截头树从铺路石的缝隙中长出来，屋内有一扇挂着窗帘的方窗，还有一间卧室。

日落已经很久了，一位瞎眼老妇人坐在一把轻便折凳上，背对着伦敦联合济贫院和史密斯银行的石墙，怀里紧紧地搂着一个棕色混血女孩，在放声歌唱，不是为了讨得几块铜板，不，而是发自她欣喜狂乱的内心深处的心声——她那颗充满罪孽的、鞣制过的心——因为那个紧贴在她怀里的孩子就是她的罪孽的果实，这会儿她本该躺在床上，拉开床帷，进入梦乡，而不是在灯光下听她母亲的狂放的歌声，她靠着银行坐着，怀里紧搂着那个小野种，放声歌唱，不是为了讨得几块铜板。

她们回家了。接受她们的是教堂灰色的尖塔；这座苍老的城，古老破旧，罪孽深重，而威严犹存。尖塔和办公楼，码头和工厂，云集河岸，一座接一座，有圆顶的，有尖顶的，或高插云霄，或挤成一团，宛若一艘艘帆船，又如花岗石巉崖；慕名而来的游客们永远步履维艰地跋涉；重载的驳船停在中流；正如有人认为的那样，这座城市热爱自己的娼妓。

但是，公认达到那种程度的似乎寥寥无几。马车纷纷驶出了歌剧院的拱门，没有一辆向东拐的，而且在空荡荡的市场上把小偷抓住时，没有一个身穿黑白相间或玫瑰色晚礼服的人肯停下打开车门，挡住去路帮一下，或责备几声——尽管,平心而论,查尔斯夫人①上楼时不住地唉声叹气,顺手拿下托马斯·肯皮斯②来,直到她的思绪淹没在纷繁的杂事中,方能入睡。"为什么呀?为什么呀?为什么呀?"她连连叹息。总的看来,最好还是从歌剧院走回来。疲劳是最保险的安眠药。

眼下,秋季歌剧演出正如火如荼。特里斯坦③每周把毯子在腋下夹两次;伊索尔达按照指挥棒带着莫名的同情挥舞头巾。剧场里到处都能看到红扑扑的脸蛋和亮闪闪的胸脯。当附着在一个看不见的身体上的一只王族的手悄然伸出来,撤走安放在红色壁架上的红白花束时,"英国女王"似乎倒是一个值得为之献身的名衔。美色在它各种各样的暖房里(这里绝对不是最糟的)一厢接一厢地开了花;尽管说的话谈不上深刻重要,尽管人们普遍认为大概

---

① 本书中,人物姓氏前的"Mrs."通译为"太太",少量"Lady"和"Madame"则译为"夫人",以示身份称谓上的微妙区别。
② 托马斯·肯皮斯(Thomas à Kempis, 1379?—1471),德意志天主教修士,终身从事抄写书稿、辅导新修士的工作,可能是灵修著作《效法基督》的作者。
③ 特里斯坦与伊索尔达是瓦格纳同名歌剧中的男女主人公。

在沃尔浦尔[1]去世的那个时代,靓唇里吐不出什么趣谈——可不管怎么说,当维多利亚穿着睡袍屈尊接见大臣时,那两片嘴唇(通过观剧镜看)依然红嫣嫣的,令人倾慕。那群身份显赫的秃顶男子拄着金头手杖,信步走过正厅前座之间的红色通道,只有在灯光熄灭时,才停止与包厢观众的往来,而指挥,首先向女王鞠了一躬,接着转向这群秃顶男子,然后双脚一转,举起了手中的指挥棒。

于是,两千颗心在半明半暗中回味着,期盼着,在黑暗的迷宫里穿行;克拉拉·达兰特向雅各·佛兰德斯道别,品尝着模拟死亡的甜蜜;达兰特太太坐在克拉拉身后包厢的昏暗里,发出她那尖厉的叹息;沃特利先生原本坐在意大利大使夫人的背后,他换了一下座位,心想布朗盖纳的嗓音有点儿嘶哑;爱德华·惠特克悬在他们头顶好几英尺高的顶层楼座里,偷偷地拿手电照着他的微型曲谱;

---

[1] 罗伯特·沃尔浦尔(Robert Walpole,1676—1745),英国政治家,1721年至1742年任英国首相;其子霍勒斯·沃尔浦尔(Horace Walpole,1717—1797)系著名作家。

还有……还有……

总而言之，观察的人被观察到的各种景象噎住了。只是为了防止我们在混乱中迷失，自然和社会才在它们之间安排了一套简单明了的等级划分；正厅前座，包厢，阶梯座位，顶层楼座。这些场所夜夜都座无虚席。没有必要区分细节。但是难就难在——人们得做出选择。因为即便我不想做英国女王——哪怕只当一会儿——但我倒情愿坐在她的身边；我想听听首相的扯淡；伯爵夫人的窃窃私语，分享她对大厅和花园的追忆；这些体面人饱满的前庭毕竟隐藏着自己的密码；要不怎么会如此密不透风？多奇怪，脱下自己的帽子，再戴上别人的——随便哪个人的——就一会儿，当一个统治帝国的勇士；听的是布朗盖纳的歌声，想的却是索福克勒斯的戏剧片断，听的是牧羊人悠扬的笛声，一瞬间看见的却是桥梁和渡槽。但是，不行——我们必须选择。再没有比这更令人无奈的需要了！也没有哪种需要能带来比这更大的痛苦和更确定无疑的灾难；因为不论我坐在何处，我都会在流亡中死去：惠特克会死在他的寓所里；查尔斯夫人会死在庄园上。

一个长着威灵顿鼻子的年轻人，占着一个便宜座位，歌剧结束后，他从石阶上走下来，仿佛音乐的影响使他依然与同伴保持着一定的距离。

午夜，雅各·佛兰德斯听到有人叩门。

"唉呀，是你！"他惊叫起来，"我正要找你呢！"没费多大周折，他们便找到了他找了整整一天的诗句；只不过出处不是维吉尔，而是卢克莱修①。

"是啊；这下他该睡不着觉了。"雅各停止朗读后博纳米说。雅各情绪激动。这是他生平第一次朗读自己的文章。

"该死的蠢猪！"他说，出言未免不逊了点；但他已经被赞扬冲昏了头。利兹大学的布尔蒂尔教授，出了一版《威切利集》②，好几个猥亵的字眼和一些粗俗的短语被

---

① 卢克莱修（Lucretius，约公元前 94—前 55），古罗马诗人、哲学家。
② 威切利（William Wycherley，1640—1716），英国剧作家，王政复辟时期喜剧代表作家之一。

擅自省略、删除，或用星号代替，却未做任何声明。一种阉割，雅各说；大逆不道；十足的假正经；思想下流的标志，天性可憎的表现。引用阿里斯托芬和莎士比亚。批判现代生活。给伟大的戏剧戴上专业头衔，冷嘲热讽。作为一个学术中心的利兹大学。不可思议的是这些年轻人竟然完全正确——不可思议，是因为即使雅各在抄写他的那几页文章时，他也知道不会有人给他刊印的；果真《双周刊》《当代》和《十九世纪》先后把它退了回来——于是雅各把它扔进那口黑木箱，里边保存着母亲写给他的信，他的旧法兰绒裤子，还有一两封盖有康沃尔邮戳的票据。箱盖便把真相封锁住了。

　　这只黑木箱立在起居室的长窗之间，白漆写的名字依然清晰可见。窗下是街道。不用说卧室在后边。家具——三把藤椅和一张门腿桌——是从剑桥带来的。这些房子（加菲特太太的女儿，怀特霍恩太太是这一座的房东）大概是在一百五十年前修建的。房间造型美观，天花板很高；门口上方有一个木雕，不是一朵玫瑰，就是一只公羊的颅骨。十八世纪自有它的不同凡响之处。就连窗格也漆成了绛紫色，不同凡响……

"不同凡响"——达兰特太太说雅各·佛兰德斯"相貌不凡"。"笨到家了，"她说，"但相貌不凡。"第一次看见他，这无疑是形容他的最贴切的字眼。他靠后往椅子上一躺，拿掉嘴上的烟斗，对博纳米说："还是说这场歌剧吧。"（因为他们谈完了粗俗下流的东西。）"瓦格纳这家伙"……"不同凡响"是一个自然而然要用到的字眼，尽管只看他一眼，你很难说他该坐歌剧院的哪种座位，正厅前座，顶层楼座，还是楼厅。是个作家？他缺乏自我意识。是个画家？他的手形倒有点能说明品位的东西（按他母亲的出身，他是一个最古老而又最没名气的家族的后裔）。还有他的嘴巴——当然了，在所有无用的行当中，这种罗列特征的工作是最糟糕不过的。一个字眼足矣。但倘若你找不到它，那将如何是好？

"我喜欢雅各·佛兰德斯，"克拉拉·达兰特在日记中写道，"他超凡脱俗。他不摆架子，你对他可以倾诉衷情，尽管他令人望而生畏，因为……"但莱茨先生在他的廉价日记本上每页印的行数很少。克拉拉不是要侵占星期三的那种人。一个最谦卑、最坦诚的女子!"不,不,不,"她站在温室的门口喟叹,"不要破坏——不要糟蹋"——什么呀?某种奇妙绝伦的东西。

然而,这只不过是一个年轻女子的语言,一个爱着,或者克制着爱情的年轻女子。她希望这一时刻永驻,完全是因为这是那个七月的早晨。然而,时不我待。譬如说,这会儿,雅各正在讲述一个他徒步旅行的故事,那家旅店名叫"飞沫坛",这名堂,考虑到老板娘的名字……他们大喊大笑起来。这个玩笑不像话。

然后朱丽娅·艾略特说"那个沉默的小伙子",当她和首相们进餐时,不用说她的意思是:"假如他想飞黄腾达,他可得学会说话。"

蒂莫西·达兰特不置一词。

女仆发现自己得到了丰厚的奖赏。

索普威思先生的想法与克拉拉一样感情用事,尽管他的措词更加委婉。

贝蒂·佛兰德斯对阿彻心存幻想,对约翰满怀柔情。但对雅各在屋里的笨模样莫明其妙地感到怒火中烧。

巴富特上尉在这几个孩子里最喜欢雅各；说到为什么……

看来，男人和女人同样都靠不住。看来对我们同类的一种深刻透彻、不偏不倚、绝对公正的见解完全鲜为人知。无论我们是男是女。无论我们客观冷静，还是感情用事。无论我们风华正茂，还是老之将至。不管怎样，生活不过是一长串的影子而已，天知道为什么我们会如此热切地抱住这些影子不放，看到它们离去时还痛苦万分，因为我们就是影子。为什么，如果这和许许多多的现象都是真的话，为什么当我们站在窗角，突然觉得椅子上坐的那个小伙子是世界万事万物中最真、最实在，也是我们最熟悉的时，我们还感到惊讶不已呢——究竟是为什么？此刻过后，我们竟然对他一无所知。

这便是我们看待事物的方式。这就是我们的爱的处境。

（"我二十二了。十月眼看就要完了。生活极其令人愉快，尽管十分不幸，到处都有很多蠢材。一个人必须专心致志地做点什么——天知道到底是什么。事事都确实让人开心——只有早上起床,穿燕尾服除外。")

"我说,博纳米,贝多芬怎么样?"

("博纳米这家伙真让人惊叹不已。他简直无所不知——英国文学不见得比我知道得多——但是那些法国人的书他全读过。")

"我倒是觉得你在瞎扯,博纳米,不管你说什么,可怜的老丁尼生……"

("其实一个人应该学学法语。这会儿,我想老巴富特正在跟我母亲说话呢。真是件怪事儿。但在那儿我见不到博纳米。该死的伦敦!")因为市场的运货车正隆隆地滚过街道。

"星期六出去走走如何?"

("星期六会有什么事吗?")

于是,他掏出记事本,确定了达兰特家的晚会是在下个星期。

然而,尽管这一切很可能是真的——雅各心里这么想,嘴里也这么说——他跷起二郎腿——装满了烟斗——抿了一口威士忌,还翻看了一下记事本,同时把头发刨得乱糟糟的,尽管如此,还有一些东西,除了雅各本人,是永远不会告诉第二个人的。况且,这中间的一部分还不属于雅各,而是属于理查德·博纳米——房间;运货车;时间;历史的这一瞬间。那么再考虑一下性的影响——它如何在男女之间波动起伏,颤动簸荡,以至于时而现出低谷,时而耸起高峰,其实,也许这一切都像我的这张巴掌一样平坦。语言贴切,语气却不对。但有种东西总是逼着人像天蛾一样在神秘洞的洞口嗡嗡地发着颤声,赋予雅各·佛兰德斯各种他根本不具备的品质——因为尽管他确实坐在那儿对博纳米讲话,但他的话有一半无聊之极,不可重复;还叫人莫名其妙(说的都是素昧平生的人和议会的事);剩下的大多靠瞎猜了。然而我们还是对他产生了共鸣。

"是的,"巴富特上尉说着,在贝蒂·佛兰德斯的炉架上磕了磕烟斗,扣上外衣的扣子,"这又添了麻烦,不过我并不介意。"

他现在是镇议员了。他们望着夜空，它和伦敦的夜晚没有什么两样，只不过清澈明亮了许多。镇里教堂的钟声敲了十一点。风刮过了大海。卧室的窗户全黑了——佩奇一家睡了；加菲特一家睡了；克兰奇一家睡了——而在伦敦，这个时候，他们正在议会山上焚烧盖伊·福克斯①呢。

---

① 英国每年 11 月 5 日，焚烧 1605 年制造火药阴谋炸毁国会大厦、炸死国王的主谋之一盖伊·福克斯的模拟像，以庆祝他的被捕。

六

火光熊熊。

"那是圣保罗大教堂！"有人喊道。

木柴一燃，伦敦城转眼之间被照得四处通亮；火那边有一些树。火光中闪现出一张张面孔，鲜灵生动，仿佛是用红黄两种颜色画成的，其中最显眼的是一个女孩的脸。由于火光作怪，她似乎没有长身子。那张鹅蛋脸和头发悬在火堆旁，背景是一片空荡荡的黑暗。仿佛被强光照花了似的，她那双绿蓝色的眼睛逼视着火苗。脸上每一块肌肉都绷得紧紧的。在她那种逼视的目光中流露出些许悲伤——她年纪在二十至二十五岁之间。

在忽浓忽淡的黑暗中伸下来一只手，把男丑角戴的那种白色尖顶帽扣到她的脑袋上。她摇了摇头，仍然呆视着。一张长有胡子的脸出现在她上方。人们把两条桌子腿扔到火里，又乱撒了一些细枝、树叶。这一下使火势更猛，照亮了后面远处的一张张脸庞，圆盘脸，苍白脸，净光脸，胡子脸，还有一些戴圆形礼帽的脸；个个都神情专注；火光还照亮了浮现在起伏不定的白雾上的圣保罗大教堂，和两三座窄窄的、色如白纸的、形状酷似灭烛器的尖塔。

火苗从木柴中钻出来，呼呼作响，扶摇直上。这时候，不知道什么地方，一桶桶的水向火堆倒去；呈空心状，异常美丽，像磨光了的龟壳一样；一桶接一桶，直到嘶嘶的声音如一群嗡嗡的蜜蜂；所有的面孔都消失了。

"哦，雅各，"当他们摸着黑费力地爬山时，女孩说道，"我难过得要命！"

一阵阵笑声从人群中传来——或高，或低；忽前，忽后。

宾馆的餐厅灯火辉煌。桌子的一端摆着一个石膏牡鹿头；另一端是一尊罗马式半身人像，染得黑黢黢的，红赤赤的，代表盖伊·福克斯，今晚专门给他过节。一长串一长串纸玫瑰把聚餐的人们连在一起，所以，当他们手挽手唱起《友谊地久天长》时,一条粉红色和黄色的纸带子沿着整张餐桌一起一落。飞觞举觥,热闹非凡。一个年轻人站起来,桌子上摆着许多紫球,弗洛琳达顺手抓起一个,照直向他的脑袋砸去。球撞得粉碎。

"我难过得要命!"她转过身子冲着坐在旁边的雅各说。

桌子仿佛长着无形的腿,跑到了屋子边上,一架盖着红布、摆着两盆纸花的手摇风琴,旋转出了华尔兹舞曲。

雅各不会跳舞。他靠墙站着,抽着烟斗。

"我们认为,"两个跳舞的突然停下,从人群中走出来,在他面前深深鞠了个躬说,"你是我们见过的最英俊的男子。"

于是他们给他的头上戴上一圈纸花。接着有人搬出一把镀了金的白椅子,让他坐上去。人们走过时,把玻璃葡萄挂到他肩上,最后他看上去活像一艘遇难船的船头雕像。然后弗洛琳达坐到他的膝上,把脸埋到他的马甲里。他一只手抓着她;一只手拿着烟斗。

十一月六日清晨四五点钟，雅各和蒂米·达兰特手挽手走下哈佛斯托克山时，雅各说："现在咱们谈点实际的东西。"

希腊人——对，他们谈的就是这个——当话说尽事做完，当一个人用包括中国和俄国（但这些斯拉夫人还未开化）在内的世界上的每一种文学漱过口以后，怎么唯独希腊风味犹存呢？达兰特引用的是埃斯库罗斯——雅各则引用索福克勒斯。真的，希腊人弄不明白，教授又不肯指点迷津——没关系；希腊语不就是可以让人破晓时分在哈佛斯托克山上喊几句吗？再说，达兰特从不听索福克勒斯，雅各也决不听埃斯库罗斯。他们俩都夸夸其谈，洋洋自得；似乎世界上的书他们全烂熟于心，每一种罪孽，每一种激情，每一种欢乐，都了如指掌似的。各种文明犹如立等采摘的花朵，围绕着他们。千秋万代宛若利于航行的波浪，拍打着他们的脚。回顾着这一切，从迷雾、灯光和伦敦的阴影里隐现出来，两个年轻人选定了希腊。

"也许，"雅各说，"世界上唯有我们俩知道希腊人意义何在。"

有一家亭子,壶擦得锃亮,柜台上一字儿亮着一排小灯,他们就在那里喝咖啡。

老板以为雅各是个军人,便向他谈起了自己在直布罗陀的儿子。雅各把英国陆军骂了个狗血喷头,却把威灵顿公爵夸赞了一番。然后他们继续下山,一边走一边谈论着希腊人。

怪事一桩——你要是想起来的话——这种对希腊文的热爱,朦朦胧胧地勃然而兴、遭到扭曲、受过打击,却突然迸发出来,尤其是在离开拥挤喧闹的房间之时,或书看得昏头昏脑之后;或月亮浮现在绵延的群山之间,或在伦敦空洞、灰黄、毫无收获的日子里,就像一剂特效药;一片光洁的叶片,总是一个奇迹。雅各的希腊文不外乎能让他磕磕巴巴地念完一出戏而已。对古代史,他一无所知。然而,他一踏入伦敦城,就似乎觉得他们把通往雅典卫城的石板路踩得咚咚作响,似乎觉得如果苏格拉底看到他们来了,定会心情激动,连忙说:"我的好伙伴",因为雅典的全部情感都符合他的心意；自由，大胆，情绪高昂……她未曾请求许可，就管他叫"雅各"。她坐到了他的膝上。希腊人的鼎盛时代所有上流女子都是这样做的。

这时候，空中飘来一阵颤颤悠悠、悲悲切切的恸哭声，它似乎没有力量放开，只是气若游丝，拖了下去。听见这哭声，后街上的门突然闷闷地打开了；工人们脚步沉重地走出来。

弗洛琳达病了。

达兰特太太像通常一样，毫无睡意，在《地狱篇》某几行的边上划了一个记号。

克拉拉把头埋在枕头里睡着了；她的梳妆台上乱扔着几朵玫瑰花和一双白色的长手套。

弗洛琳达病了，还戴着男丑角戴的那种白尖顶帽。卧室似乎跟这些灾难性的结局十分般配——价格低廉，颜色暗黄，半是阁楼，半是画室，装点着一些银纸做的星星，几顶威尔士妇女戴的帽子，煤气灯管上吊下一些念珠，显得怪里怪气。至于弗洛琳达的身世，她的名字是一个画家给起的，画家希望这个名字表示她这朵处女之花尚未被人采摘。纵然如此，她没有姓，关于父母，她只有一张墓碑的照片，她说，墓碑下面安葬着她的父亲。有时候，她对那墓碑的大小耿耿于怀，传言说弗洛琳达的父亲死于那种不可救药的骨质增生；正像她母亲赢得了一名皇室画师的宠信那样，弗洛琳达自己也时不时地成了一位公主，不过主要是喝醉酒的时候。这样子孤身一人，人又长得漂亮，有一双忧郁的眼睛和两片孩子的嘴唇，谈起贞洁来，比别的大多数女人话都多；根据和她说话的男人的情况，她对这个说，前一天夜里刚刚失去了贞洁，对那个又说，她把贞洁看得比自己胸膛里的那颗心还珍贵。但她是不是老跟男人们说话？不，她有自己的知己：斯图尔特大妈。斯图尔特，正如这位女士愿意指出的那样，是一处王宫的名字；但这意味着什么，她到底干些什么，无人知晓；人们只知道斯图尔特太太每个周一早晨总会收到邮政汇票，她养着一只鹦鹉，她相信灵魂的转世，她能在茶叶里看出未来。她就是弗洛琳达的贞洁背后的脏兮兮的寓所壁纸。

现在弗洛琳达哭着，整天在街上转悠；站在切尔西，看着河水缓缓流过；在商业街上慢慢溜达；在公共汽车上打开手包给脸上擦粉；把情书靠在 A.B.C. 商店的奶罐上阅读；在糖碗里找玻璃；指控女招待想毒害她；声称小伙子老盯着她，向晚时分，不知不觉就逛到雅各住的那条街上，才突然觉得她喜欢这个叫雅各的男人胜过喜欢那些脏兮兮的犹太人，她坐在他的桌旁（他正在誊抄他的论文《不文雅的道德准则》），脱下手套，给他讲斯图尔特大妈怎样用茶壶的保暖套打了她的头。

她说她是白璧无瑕，雅各便信以为真。她坐在炉火旁，扯到一些著名的画家。她还提到了她父亲的坟墓。她看上去又野，又弱，又漂亮，希腊女人正是这般模样，雅各想；这就是生活；他自己是个男人，弗洛琳达，白璧无瑕。

她胳膊底下夹了一本雪莱诗集走了。她说，斯图尔特太太常说起他。

纯真的人真是不可思议。相信这姑娘本人绝对不会撒谎（因为雅各不是那种见风就是雨的傻子），惊羡漂泊不定的生活——相比之下，他自己过的可是娇生惯养，甚至与世隔绝的生活——手边放着《阿多尼》①和莎士比亚的剧本作为根治一切精神错乱的灵丹妙药；设想出一种友情，让她能生龙活虎，让他有保护作用，然而双方作用相等，因为雅各想，女人和男人完全一样——像这样的纯真就够不可思议的了，或许毕竟不是那么愚蠢。

因为那天夜里弗洛琳达回家以后，她先洗头；然后吃巧克力奶糖；接着打开雪莱诗集。真的，她觉得无聊透了。这到底写的是什么？她心里发誓：不把这一页翻过去，再不吃奶油巧克力。实际上她睡着了。不过她这一天真长，斯图尔特大妈扔了茶壶套——街上的景象真够呛，尽管弗洛琳达愚昧至极，不肯学习，甚至连她的情书也看

---

① 雪莱为济慈写的长篇挽诗。阿多尼本是希腊神话中的美少年，为爱与美的女神阿弗洛狄特所爱，不幸被野猪咬伤身亡。雪莱用他来比拟济慈。

不明白,她还是有自己的情感,有些男人她喜欢,有些她不喜欢,她完全听任生活摆布。她到底是不是处女似乎无关紧要。除非这是惟一的紧要的事情。

她走后,雅各坐卧不安。

男男女女随着那些熟知的节拍闹腾了整整一夜。即便在最体面的郊区,深夜回家的人还能看到窗帘上人影绰绰。不管下雪还是起雾,没有一个广场缺少谈情说爱的恋人。所有的戏都转向同一个主题。正因为如此,宾馆卧室里几乎夜夜都有子弹射穿脑袋的事。即便身体幸免伤残,进坟墓时心灵大多都受过创伤。戏剧和流行小说很少谈及别的内容。我们却说这是一件无关紧要的事。

由于莎士比亚和阿多尼、莫扎特和贝克莱主教——挑个你喜欢的——事实上被隐瞒起来,我们大多数人体面地度过一个个夜晚,或者只带着蛇滑过草丛的那种颤栗。然而隐瞒本身就使思想不去专注文字和声响。要是弗洛琳达有思想,她读书时或许会比我们更加心明眼亮。她和她那种人已经解决了这个问题,办法就是把它化作每晚睡觉之前洗手这样的一桩小事,唯一的难处就是你喜欢的是热水还是凉水。这个问题一解决,思想就会不受困扰地干自己的事情了。

但是,饭吃到半中间,雅各突然纳闷,她究竟有没有思想。

他们坐在餐馆的一张小桌旁。

弗洛琳达把肘尖支在桌上,双手托着下巴。她的披风滑到了身后。由于身上佩戴着不少明珠,她显得金灿灿、白晃晃的,她的脸像是身上绽放出的花朵,纯真,浅淡,眼光坦然地左顾右盼,或者慢慢地落在雅各身上,停在那里。她说:

"你知道那个澳大利亚人老早留在我屋里的大黑箱子吗?……我总觉得女人穿毛皮大衣显老……那是贝希斯泰因进来了……我刚才还在纳闷儿你小时候是什么模样,雅各。"她啃了一口面包卷,眼睛盯着他。

"雅各。你就像那里头的一尊雕像……我想大英博物馆里有不少可爱的东西,你说呢?很多很多可爱的东西……"她说,恍若进入了梦境。屋子里快要人满为患了；温度越来越高。饭馆里说的话就等于昏昏沉沉的梦游者的呓语，有那么多东西要看——吵得一塌糊涂——别人在说话。你随便能听见吗？哦，他们可千万不要听见我们的话。

"那位像艾伦·内格尔——那个女孩……"云云。

"自打认识你以来，我开心死了，雅各。你真是个大好人。"

屋子里人越来越挤；谈话声音越来越大，刀叉丁丁当当响得更厉害了。

"哎，你知道她说这种话是因为……"

她停住了。大家都不吱声了。

"明天……星期天……一个可恶的……你告诉我……走开！"哗啦！她冲了出去。

原来他们的邻桌声音不断攀升，突然间那女的把盘子全掀到地上。那男的被晾在那儿。大家都傻了眼。然后——"哎，可怜人哪，我们总不能坐着傻看。不像话！你听见她说什么了？天啊，看他一副傻相！大概是做事不到家吧。满桌布的芥末，招待员倒哈哈大笑。"

雅各注视着弗洛琳达。当她坐着傻看时,他觉得她脸上有种可怕的没脑子的表情。

那黑女人冲了出去,她帽子上的羽毛舞动着。

不过她总得去个地方。夜晚并不是一个波涛汹涌的黑色海洋,你可以沉入其中,或者可以像颗星儿似的在里面航行。事实上,这只不过是一个阴雨绵绵的十一月的夜晚。索霍区的街灯在人行道上投下许多油乎乎的大亮点。小街很暗,完全可以庇护靠在门口的男女。雅各和弗洛琳达过来时,一个女的急忙走开了。

"她的手套掉了。"弗洛琳达说。

雅各跑上前去,把手套递给她。

她千恩万谢了一番;然后举步向前走去;又把手套丢了。但这是为什么呀?为了谁呀?

这会儿,另外那个女的到哪儿去了?还有那个男的?

街灯照不远,所以我们无从知晓。各种声音,愤怒的、淫荡的、绝望的,热烈的,和夜间笼中困兽的声音相差无几。只不过他们没有被困在笼中,也不是野兽罢了。

叫住一个人；向他问问路；他会告诉你的；但是人们怕向他问路。怕什么？——人的眼睛。突然之间，人行道变窄了，鸿沟加深了。哟！他们掉进去不见了——男女双双。再远些，一家公寓，在大张旗鼓宣传它值得称道的丰厚的同时，还从没挂窗帘的窗户后面展示出伦敦殷实的证据。他们坐在那里的竹椅上，被灯光照得明晃晃的，穿着活像淑女绅士。商人的遗孀们费尽心机证明她们跟法官有关系。煤商的妻子马上反驳说她们的父辈雇过车夫。一个仆人端来咖啡，钩针编织的篮子只好挪开。看到诸如此类的景象后，雅各把弗洛琳达挽在臂上又走进了一片黑暗，这里经过一个卖身女郎，那里经过一个只有火柴可卖的老大娘，经过地铁车站里涌出的人流，经过纱巾遮住头发的妇女，最后经过的只是紧紧关闭的门户，精雕细刻的门柱和一个孤零零的警察，总算来到他的房间，点上灯，他一言不发。

"我不喜欢你这副样子。"弗洛琳达说。

这个问题没法解决。身体拴在大脑上。美貌和愚蠢携手并行。她坐在那儿傻盯着火,就像她先前傻盯着那个破芥末罐子一样。尽管在为粗俗辩护,雅各还是怀疑自己是否喜欢赤裸裸的粗俗。他对男性社会、对没有回廊的房间、对经典著作,深恶痛绝;谁把生活塑造成这个样子,他就怒火万丈,进行声讨。

弗洛琳达的手搭在他的膝头。

毕竟,这不是她的错。但是这个想法令他伤心。让我们衰老、丧命的不是灾难,不是凶杀,不是死亡,不是疾病;而是人们顾盼、哄笑、和跑上公共汽车台阶的样子。

不过随便一个借口就能应付一个傻女人。他跟她说他头疼。

但是,当她哑然地看着他,半猜测,半明白,或许还在道歉,反正说着他先前说过的话,"这不是我的错",体态挺拔秀丽,面庞如同贝帽里面的贝壳,于是雅各明白:回廊,经典著作,毫无用处。这个问题没法解决。

七

近些日子，有家跟东方做生意的商行向市场推出了一些在水面上开放的小纸花。因为还有在餐后使用洗指碗的习俗，所以这项新发现便显得功德无量。五色缤纷的小花在这些遮护住的湖上漂游；时而浮漾在滑腻的水波上；时而沉没在水下，像搁在玻璃地板上的卵石。一双双专注、秀媚的眼睛凝视着它们的命运。这确实是导致心灵契合和家庭稳固的一大发现。纸花可谓功不可没！

但切不可以为它们就能取代真花。尤其是玫瑰、百合和康乃馨，它们从花瓶边沿上望过去，审视着它们那些人为的亲戚们辉煌的一生和快速的夭折。斯图亚特·奥门德先生提出了这种看法；人们认为十分迷人；基蒂·克拉斯特之所以六个月后跟他结婚，也正是因为这一看法。但没有真花绝对不行。要是能行，人生就会截然不同。花会凋零；菊花尤甚；今宵花正红，明晨便枯黄——惨不忍睹。总而言之，虽然花价不菲，康乃馨又最贵；——然而，把它们扎起来是否明智还是个问题。有的店家建议这样做。当然，要在舞会上拿着，只有这么办了；但除非房间闷热，这样做在宴会上是否必要，仍然众说纷纭。坦普尔老太太曾经建议在碗里放片常春藤叶——就一片。她说这样可以让水长久保持纯净。但有理由认为坦普尔老太太是错了。

然而，刻有名字的小卡片比花的问题还要严重。累垮的马腿，耗费的车夫的生命，白白浪费的下午的美好时光，比我们打赢滑铁卢战役用的还要多，并且还要给它掏钱。这些小恶魔像战争一样是万恶之源，给人们带来的是死缓、灾祸和焦虑。有时候邦汉姆太太出去蹓蹓；其余的时间则待在家里。但，万一什么取代了名片——这看上去不太可能——还有桀骜不驯的力量将生活卷进狂风暴雨，搅乱持之以恒的晨光，根除午后的安定——裁缝，就是说，还有甜食店。六码丝绸才能遮住一个身体；但若要你设计出六百种样式，两倍的花色呢？——忙到半中间还有个紧急问题，就是那绿奶油如簇、杏仁糊似垛的布丁。还没到呢。

火烈鸟时时地轻轻地振翼，飞越长空。但它们常常把翅膀浸入漆黑之中；譬如说，诺丁山或是克勒肯韦尔郊区。难怪意大利语仍然是一门隐蔽艺术，钢琴总是弹奏着同一首奏鸣曲。佩奇太太是个寡妇，六十三岁，领五先令的院外救济，她的独生儿子在马基先生染房里打工，一到冬天就胸疼，她还从儿子那里得到些孝敬——为了给她买双弹力长统袜——非写信不可，也得填写栏目，用的都是莱茨先生日记本上的那种简洁圆体字，说天气如何之好，小孩何等淘气，雅各·佛兰德斯又是怎样的不谙世故。克拉拉·达兰特弄到了长统袜，弹过了奏鸣曲，往花瓶里加了水，拿到了布丁，留下了名片，当漂游在洗指碗中的纸花这一伟大发明公之于世时，她是那些对纸花短命最为惊奇的人士之一。

讴歌这一主题的诗人也不乏其人。譬如说，埃德温·马莱特就是这样写下他的诗歌结尾的：

在克洛伊的眼睛里看到它们的下场。

这让克拉拉初读时脸红,再读时狂笑,说那就像她的名字本来是克拉拉,而他却管她叫克洛伊一样。可笑的小伙子!但在一个下雨的清晨,十点到十一点之间,埃德温·马莱特向她求婚,她却跑出房间,躲在卧室里,哭了一早上,搅得楼下的蒂莫西没法工作。

"你怎么样才满意。"达兰特太太严厉地说,同时审视着同样一些首字母缩写的舞会单,或者不如说,这次的字母有所不同——是 R. B. 而不是 E. M.;现在成了理查德·博纳米,那个长着威灵顿鼻子的小伙子。

"可我决不会嫁给一个长着那样鼻子的男人。"克拉拉说。

"胡说。"达兰特太太说。

"我也太严格了。"她自忖道。克拉拉,兴致全无,把舞会单一撕,扔进火炉围栏里。

这就是在碗里漂游的纸花这一发明造成的极度严重的后果。

"请,"朱丽娅·艾略特说着就在几乎与门相对的窗帘旁边就座,"请别介绍我。我喜欢旁观。有意思,"她接着对萨尔文先生说,此人由于是个瘸子,安坐在一把椅子里,"聚会有意思的地方就是看人——看他们不停地来来往往。"

"上次我们见面,"萨尔文先生说,"是在法夸尔家的聚会上。可怜的女人!有多少事儿她都得忍着。"

"难道她看上去不迷人?"克拉拉·达兰特走过时,艾略特小姐大声说道。

"哪个呀……?"萨尔文先生压低声音说,口气有点揶揄。

"有这么多……"艾略特小姐答道。三个小伙子站在门口东张西望,在寻找他们的女主人。

"你记不得伊丽莎白在班乔里狂跳苏格兰里尔舞的情景了,我还记得,"萨尔文先生说,"克拉拉缺少她妈的劲头。克拉拉有点儿苍白。"

"在这儿见到的人总是千差万别!"艾略特小姐说。

"幸好我们没有被晚报左右。"萨尔文先生说。

"我从不看晚报,"艾略特小姐说,"我对政治一窍不通。"她补充道。

"钢琴弹得很合调,"克拉拉说着从他们身旁走过去,"但兴许得请谁帮我们把钢琴挪一下。"

"他们要跳舞吗?"萨尔文先生问道。

"没人会打搅你的。"达兰特太太匆匆丢下一句话走过。

"朱丽娅·艾略特。是你,朱丽娅·艾略特!"年事已高的希伯特夫人伸出双手叫道,"还有萨尔文先生。有什么新闻吗,萨尔文先生?就我个人对英国政局的看法——噢,对了,昨晚我还想到令尊呢——我的老朋友,萨尔文先生。千万别说十岁的女孩就不会恋爱!我还没到十岁,就已经把莎士比亚烂熟于心了,萨尔文先生!"

"不至于吧。"萨尔文先生说。

"真的。"希伯特夫人说。

"噢,萨尔文先生,抱歉得很……"

"要是你能好心搭把手,我就挪挪窝。"萨尔文先生说。

"你坐在我妈妈旁边吧,"克拉拉说,"大家好像都来了……卡尔索普先生,我来介绍一下,这位是爱德华兹小姐。"

"你要到外地过圣诞节?"卡尔索普先生问。
"如果我哥哥退役的话。"爱德华兹小姐答道。
"他在哪个团?"卡尔索普先生接着说。
"轻骑兵二十团。"爱德华兹小姐说。
"说不定他认识我兄弟?"卡尔索普先生说。
"对不起,我没听清您的名字。"爱德华兹小姐说。
"卡尔索普。"卡尔索普先生说。

"但有什么证据表明确实举行过婚礼了。"克罗斯比先生说。

"怀疑查尔斯·詹姆斯·福克斯毫无道理……"博莱先生开始说;但刚说到这里,斯特雷顿太太就跟他讲她和他姐姐很熟;离开她还不到六个星期;她认为那房子固然漂亮，但在冬天显得十分冷清。

"就像当今的女孩子那样到处乱跑——"福斯特太太说。

博莱先生举目四顾，发现罗丝·肖向她走来，于是双手一挥，喊了一声："好啊！"

"没有什么！"她回答道，"没有任何情况——尽管我特意让他们单独待了整整一个下午。"

"哎呀，哎呀，"博莱先生说，"我要叫吉米吃早饭了。"

"但谁又能抗拒她呢？"罗丝·肖嚷道，"最最亲爱的克拉拉——我知道我们绝不能阻拦你……"

"你和博莱先生在嚼舌头，我知道。"克拉拉说。

"邪恶的人生——可憎的人生！"罗丝·肖叫道。

"这种事儿没有什么好说的，对吧？"蒂莫西·达兰特对雅各说。

"女人好的是这个。"

"好什么？"夏洛特·威尔丁说着就走到他们面前。

"你从哪儿来?"蒂莫西说,"找个地方吃顿饭吧。"

"可以呀。"夏洛特说。

"大家都下楼去吧,"克拉拉说着走了过去,"蒂莫西,带着夏洛特。你好,佛兰德斯先生。"

"你好,佛兰德斯先生,"朱丽娅·艾略特伸出双手说,"最近怎么样?"

"西尔维亚是谁?她是什么人?

怎么我们小伙子个个都夸她?"

艾尔斯贝思·西顿斯唱道。

大家都原地站住了,或者顺手拣把空椅子坐下。

"啊。"克拉拉叹息一声,她正走到半道里,便站在雅各身边。

"让我们向西尔维亚歌唱,

西尔维亚至高无上;

西尔维亚举世无双,

超越凡间的俗物榔榡。

让我们为她把花环献上。"

艾尔斯贝思·西顿斯接着唱。

"啊!"克拉拉大声叫好,戴着手套鼓掌;雅各则光着双手鼓掌;接着她走向前去把人们从门道里引进来。

"你住在伦敦?"朱丽娅·艾略特小姐问。

"是的。"雅各答。

"住公寓?"

"对。"

"那是克拉特巴克先生。在这儿你总能碰见克拉特巴克先生。我想他在家里不太顺心。他们说克拉特巴克太太……"她压低了声音,"所以他老待在达兰特家。他们演沃特利先生的戏的时候你在吗?哦,不在,当然不在啦——就在那最后的一刻,你是不是听到——我想起来了,你去哈罗盖特看你母亲了——我刚才还说呢,就在那最后的一刻,一切都准备就绪了,衣服都做好了,一切——现在艾尔斯贝思又要唱歌了。克拉拉准备伴奏或者接替卡特先生,我想。不,卡特先生要自己弹——这是巴赫的曲子。"她悄声说,卡特先生正在弹前几个小节。

"你喜欢音乐？"达兰特太太问。

"是的，只是喜欢听，"雅各说，"不过一窍不通。"

"通的人寥寥无几，"达兰特太太说，"我敢说从没人教过你。为什么会这样，贾斯帕爵士？——贾斯帕·比格哈姆爵士——佛兰德斯先生。为什么没有人教大家应该知道的东西呢，贾斯帕爵士？"她走了，剩下他们俩靠墙站着。

两位男士有三分钟一言不发，尽管雅各兴许向左移动了五英寸，又往右移动了同样的距离。接着雅各咕哝了一声，突然穿过了房间。

"你想不想来吃点什么？"他对克拉拉·达兰特说。

"也好，一客冰淇淋吧。快。这就走。"她说。

他们下楼了。

但刚下了一半时，他们就碰上了格雷斯哈姆夫妇，赫伯特·特纳，西尔维亚·拉什莱，还有一位他们壮着胆子从美国带来的朋友，"知道达兰特太太——想引见引见皮尔彻先生。——从纽约来的皮尔彻先生——这位是达兰特小姐。"

"久仰，久仰。"皮尔彻先生深鞠一躬，说道。

于是克拉拉撇下了他。

八

九点半左右,雅各出门,他的门砰的一声关上,其他的门砰砰地相继关上,买份报纸,登上公共汽车,或者,如果天气好,会像别人那样一路步行。低着头,一张书桌,一部电话,绿皮封面精装图书、电灯……"要加煤吗,先生?"……"您的茶,先生。"……议论议论足球,热刺队、丑角队;勤杂工送来六点半印出的《星报》;格雷律师协会的秃鼻乌鸦从头顶飞去;雾中的树枝又细又脆;车流的轰鸣中,不时有一个声音高喊:"判了——判了——赢了——赢了。"篓子里的信件堆积如山,雅各一一签发,每天晚上,当他脱下外衣的时候,总感到脑子里有根筋重新舒展开来。

有时,下上一盘棋;或者在邦德大街看看电影,或者大老远走回家,胳膊挽着博纳米溜达溜达,迈着步,仰着头，沉思默想，世界多么壮观，月亮从教堂尖顶上早早升起，想博得一片赞叹，海鸥展翅高飞，纳尔逊在纪念柱上向天边眺望，世界就是我们的船。

就在此刻，可怜的贝蒂·佛兰德斯的信，由于赶上了第二班投递，搁在门厅的桌子上——像一般母亲一样，可怜的贝蒂·佛兰德斯把她儿子的名字写为"雅各·阿兰·佛兰德斯先生"，墨水浅淡，饱满，反映出斯卡伯勒镇的母亲们茶撤走以后，脚搭在围栏上，如何在壁炉边瞎涂乱抹，永远说不准写了些什么——也许就是——不要跟坏女人鬼混，一定要做个好孩子；衣服要多穿点；回来吧，回来吧，回到妈妈身边来。

但她不说这种事情。"你还记得老沃格雷夫小姐吗？就是你得百日咳那会儿对你特别照顾的那个，"她写道，"她最终还是死了，可怜人呀。你如能来封信，他们准会高兴的。艾伦来了，我和她一起上街买东西，这天过得挺快活。老耗子腿脚很不灵便，就连最小的山都要我们搀扶才能上去。丽贝卡终于到亚当逊先生家去了，也不知道这是过了多久才决定的。他说有三颗牙要长出来了。一年才这个时节，天气就这么暖和，梨树都发芽了。还有，贾维斯太太告诉我——"佛兰德斯太太喜欢贾维斯太太，总是说这么一个僻静地方放不下她这个大好人，尽管她从来不听贾维斯太太发泄不满，而且在等她发泄到最后（抬起眼，咬断线或者摘下眼镜）时告诉她，在鸢尾根周围壅上一点泥炭，可以防止霜冻，鹦鹉家床上用品削价大处理定在下周二，"可别忘了。"——佛兰德斯太太对贾维斯太太的感受了如指掌；她信里对贾维斯太太的描写真有意思，你可以年年阅读，百看不厌——女人们未曾出版的著作。是在火炉边用浅淡饱满的墨水写下的，字迹是被火焰烤干的，因为吸墨纸已经磨得千疮百孔，笔尖开了叉，墨水凝成了块。接下去是巴富特上尉。她只管他叫"上尉"，话说得很爽快，但绝不是毫无保留。上尉在为她打探加菲特家的地；建议养些鸡；很有希望赚钱；或者得了坐骨神经痛；或者巴富特太太一连几个星期没出过门；或者上尉说局势不妙，也就是说政局，雅各知道，上尉有时谈爱尔兰，谈印度，一直谈到夜深人静；随后，佛兰德斯太太会想起她的莫蒂兄弟，陷入沉思，他这些年来杳无音讯——是落在土著手里了,还是沉船了——海军部会通知她吗?——上尉磕净烟斗,雅各知道,起身要走了,他僵硬地伸手捡起佛兰德斯太太滚在椅子下面的毛线。一而再再而三地谈起办养鸡场的事,这个女人呀,即便年已半百,还容易心血来潮,谋划着云里雾里的未来,展现出一群又一群的来航鸡、交趾鸡和奥尔平顿鸡;她只是大模样儿有点像雅各;但像他一样健壮;精神好,劲头足,在屋里不停地跑来跑去,呵斥着丽贝卡。

信就放在门厅的桌子上;弗洛琳达那天晚上进来时,顺手捡起,亲吻雅各的时候就随手放在桌上,雅各看见了笔迹,便把它搁在灯底下,饼干盒和烟草盒中间。他们进了卧室,随后把门一关。

客厅既不知道,也不关心。门关上了;想想看,木头吱呀作响时除了传达老鼠打架、干木头有孩子气这种信息外,还能传达些什么。这些老房子都是砖木结构,浸透了人汗,沾满了人垢。但要是搁在饼干盒旁的那个淡蓝色信封具有一位母亲的感受,那么那轻微的吱呀和突然的骚动就会撕心裂肺的。门后面发生的是下流事情,骇人的表

八 143

现，就像面临死亡或生孩子一样，恐惧会向她袭来。闯进房里直面它，或许比坐在前厅里听这轻微的吱呀和突然的骚动要好，因为她的心已伤透，痛如刀绞。我的儿呀，我的儿呀——她会这样呼喊，喊出来无非是要遮掩她脑海里出现的他和弗洛琳达躺在一起的幻象，对一个住在斯卡伯勒、有三个孩子的女人来说，这样想是不可原谅的，没有理性的。这全是弗洛琳达的错。的确，当门打开，这一对男女走出来的时候，佛兰德斯太太会向她扑过去的——只不过先出来的是雅各，他穿着晨衣，亲切，威严，健康，帅气，就像一个刚在户外呼吸过新鲜空气的婴儿，眼睛水汪汪的。弗洛琳达跟在他后面，伸着懒腰；轻轻地打着呵欠；到梳妆镜前摆弄摆弄头发——这时，雅各在看妈妈的信。

咱们考虑一下书信吧——它们不是早饭时来，就是晚间才到，贴着黄邮票、绿邮票，怎么一盖上邮戳，就获得了永生——因为在别人的桌上看见自己写的信封就等于意识到行为多快就会变得格格不入。最后，心灵抛弃肉体的力量是显而易见的，也许我们害怕、憎恨或者希望我们自己的这种幻影被消灭，放在桌上。可是，有些信无非说七点钟怎么吃饭；有些信只是讲怎么订煤；怎么约会。这些信中，连谁的手迹都几乎觉察不出，更别说音容怨怒了。啊，可是当邮差敲门，信件来到时，奇迹似乎总在重复——话似乎总想说出。信叫人肃然起敬，它们极其勇敢、孤单、迷惘。

如果没有信，生命就变得支离破碎。"来喝茶，来吃饭，真情实况如何？你可曾听到这条新闻？首都的生活乐不可支；俄国舞蹈家……"这些都是我们的后盾。这些把我们的岁月串连在一起，把生活团成一个圆满的球。然而，然而……当我们去赴宴，当我们轻轻握手，希望不久在哪儿再见时，一种疑虑便悄然而生；难道我们就这样打发日子？无趣的日子，有限的岁月，这么快地分配给我们——喝茶？出去吃饭？信件日积月累，越来越多。电话响个不停。不管走到哪儿，没等我们办完事情，活够岁数，线路管道总把我们团团围住，传送来力图穿透的声音。"力图穿透"，因为当我们举杯、握手、祝愿时，有什么东西在悄声细语：这就完了？难道我永远无法明白，无法分享，无法确定？我是不是命中注定一辈子得天天写信、传声，约人见面、吃饭？随着生命的衰萎，信在茶桌上落下，声在半道里消失。然而，信令人肃然起敬；电话多不可当，因为旅途寂寞，有了信件和电话的联络，兴许我们就能结伴而行——谁知道呢？——一路上，我们可以谈天说地。

反正，人们已经试过了。拜伦写过很多信。考珀也是。多少世纪以来，写字台里总放有完全适合朋友通信的纸张。语言大师们，流芳百世的诗人们，从经久耐用的纸转向容易破损的纸，推开茶盘，靠近火炉（因为信都是在黑暗压迫在一个明亮的红洞周围时写成的），一心要完成贴近、打动、洞穿个人心灵的任务。这可能吗！但词语已经用得太滥；经过反复琢磨，然后就被丢弃在街上的尘土里。我们梦寐以求的话语就紧贴着树悬挂着。我们黎明时来到这里，发现它们在树叶下，十分甜蜜。

佛兰德斯太太写信；贾维斯太太写信；达兰特太太也写信；斯图尔特大妈还在她的信纸上洒香水，从而增添了一种英语语言所没有的韵味；雅各在春风得意的日子里曾给年轻的大学生们写过不少长信,议论艺术,道德和政治。克拉拉·达兰特的信则像是个小孩子写的。弗洛琳达——弗洛琳达和她的笔之间的障碍则是某种无法逾越的东西。想象一下一只蝴蝶、一只蚊子,或其他长翅膀的昆虫,附着在一根沾满泥巴的细枝上,从纸上滚过的情景。她错字连篇。她的思想感情极其幼稚。还有,出于某种原因,她提笔写字时,总是声明信仰上帝。接下来就是连连地划着十字——滴上斑斑泪痕;信手乱写一通,进行补救的只有这样一种情况——它总是补救弗洛琳达——这一情况就是她尽了心了。是的,不管是对巧克力冰淇淋,对热水澡,还是对梳妆镜中她的脸形,弗洛琳达跟痛饮威士忌一样装不出一种感情来。她的嫌弃之情是控制不了的。大伟人都是真诚的,而这些小妓女盯着炉火,拿出粉扑,对着一英寸大小的镜子描眉画唇时,有一种(雅各这样想)神圣不可侵犯的忠实。

接着,他看见她挽着另一个男人的胳膊,拐进希腊大街。

弧光灯把他从头到脚照了个透亮。他在灯下,一动不动地站了一分钟。街上光影斑驳。别的身影儿，形单影只的，成群结伙的，涌出来，飘摇而过，把弗洛琳达和那个男子抹掉了。

灯光把雅各从头到脚照了个透亮。他裤子上的图案；他手杖上的老刺；他的鞋带；一双没戴手套的手；还有脸庞，都清晰可见。

那犹如一块石头磨成了粉末；那好似青磨石——这是他的脊梁——上迸出了白火花；仿佛迂回的铁路坡道，由于向深处突降，所以只有一落千丈。这就是他脸上的情景。

我们是否知道他心里在想什么，则是另外一个问题。假如年长十岁，换个性别，对他的恐惧就首先出现；这种心理却被一种乐于助人的愿望吞没——势不可挡的感觉，理性，以及晚间；气愤将紧随其后——气愤弗洛琳达，气愤命运；然后会冒出一种不负责任的乐观。"当然，这个时候街上灯火辉煌，足以把我们的一切忧愁淹没在万道金光之中！"啊，何须说这种话呢？甚至就在你说话，回眸沙夫茨伯里大道的当儿，命运就在他身上凿下一道槽。他转身走了。至于跟着他回他的住处去,不——我们不会干这种事。

然而,这正好就是人们所干的事。他放自己进去,关上门,尽管这时市里的一座钟才刚敲十点。没有人会在十点钟上床睡觉。甚至没有人想到上床睡觉。时值一月,天气阴沉,但瓦格太太站在她家门前的台阶上,仿佛在等着什么事情发生似的。一只手摇风琴奏着,如同湿漉漉的树叶下的一只淫秽的夜莺。孩子们跑过马路。随处都能看到厅门里面棕色的镶板……一心想着在别人的窗户下面行走,这样行走真是古怪得很。分心的时而是棕色的镶板;时而是盆里的蕨草;有时兴起,给手摇风琴奏出的舞曲填几句词;接着又捉弄一个醉汉,从中夺取一点冷冷的乐趣;然后,又全神贯注于那些可怜虫隔街对喊的话(一针见血,淫浪不堪)——然而在此期间,有一个小伙子单独关在屋里,找中心,寻磁体。

"邪恶的人生——可憎的人生。"罗丝·肖喊道。

说来奇怪,千百年来,尽管人生的性质人人都一目了然，但谁也没有留下恰如其分的描述。伦敦的街道都有地图；但我们的情感却无图表示。转过这个拐角，你会碰见什么呢？

"霍尔本街就在你的正前方。"警察说。啊，如果你不是在那个佩戴银勋章、拉着廉价小提琴的白胡子老头身边擦过，你打算去哪儿呢？让他往下讲自己的故事，讲到最后邀请你去个什么地方，也许去女王广场旁边他的房间，在那里，他给你看收藏的一些鸟蛋，还有威尔士亲王的秘书写的一封信，这（跳过中间阶段）在一个冬日把你带到埃塞克斯海岸，小艇匆忙离岸，驶向大船，大船扬帆起航，你看见亚速尔群岛远在天边；火烈鸟飞起来；你坐在沼泽的边上，喝着朗姆潘趣酒，一个文明世界的弃儿，因为你犯了罪，很可能染上了黄热病——你随心所欲地往素描里填几笔吧。

我们一路前行，这些中断就像霍尔本的街角，比比皆是。但我们仍勇往直前。

几天前，在达兰特太太家的晚会上，罗丝·肖向鲍利先生动情地说,人生太邪恶,因为一个叫吉米的男人不愿娶一个叫海伦·爱特肯的女人(如果没记错的话)。

两个人都很美。两个人都萎靡不振。椭圆形茶桌一如既往地把他们俩隔开,那盘饼干就是他给她的一切。他鞠了个躬;她低下了头。他们跳舞。他们的舞跳得出神入化。他们坐在凹室里;不发一言。她的泪水浸湿了枕头。善良的鲍利先生和亲爱的罗丝·肖感到又惊奇、又悲哀。鲍利在奥尔巴尼有寓所。每晚钟敲响八点,罗丝就完全获得了新生。四个人都是文明的业绩,如果你坚持认为掌握英语是我们继承的一部分,那么人们只能回答,美几乎总是哑口无言。俊男与靓女结伴同行,使人望而生畏。我常常看见他们——海伦和吉米——把他们比做随波逐流的两艘轮船,并为我自己的小船感到恐惧。或者,你可曾注视过相隔二十码蹲伏着的两只漂亮的柯利牧羊犬?她把茶杯给他递过去时,她的两肋直打颤。鲍利看见出什么事了——便叫吉米去吃早餐。海伦一定对罗丝推心置腹。就我而言,我发现解释无词歌曲实在太难。现在吉米在佛兰德斯喂乌鸦,海伦跑医院。啊,该死的人生,邪恶的人生，罗丝·肖说得多好。

伦敦的灯把黑暗挑起，犹如挑在燃烧的刺刀尖上。黄色的华盖慢慢地沉下来，罩在那巨大的四柱床上。十八世纪，旅客乘着邮车闯进伦敦，透过光秃秃的树枝，看见伦敦在下面闪耀。黄窗帘、粉红窗帘后面，气窗上面，地下室窗户下面，灯光辉煌。索霍区的街市光彩炫目。生肉、瓷缸、丝袜在灯光中熠熠闪亮。粗嘎的声音裹在耀眼的煤气火焰周围。人们双手叉腰，站在人行道上吆喝——凯特尔先生和威尔金森先生；他们的妻子坐在店里，脖子上围着皮围脖，抱着双臂，露出不屑一顾的眼神。人们看见的就是这样的面孔。那个用手指拨弄肉的矮个子准在不计其数的公寓炉火前蹲过，消息灵通、见多识广，所以情况似乎自行从他黑黑的眼睛、松懈的嘴巴里滔滔不绝地说了出来。当他默默地拨弄肉的时候，他的脸悲伤得像一张诗人的脸，一支歌也没唱出来过。裹着披巾的妇女抱着眼皮发紫的婴儿；男孩子们站在街道拐角上；女孩子们向马路对面张望——一本书里粗劣的插图和绘画，我们把这本书翻了一遍又一遍，仿佛我们最终会发现自己寻找的东西似的。每一张脸，每一爿店，卧室的窗户，酒馆，黑暗的广场，都是我们狂热地翻过的一张图画——找什么？书都是一样的。我们翻遍千千万万张书页，寻找什么？还在满怀希望地翻着这些书页——噢，这里是雅各的房间。

他坐在桌旁看《环球报》。浅粉色的报纸平摊在他面前。他一只手托着脸，所以脸颊上的皮挤出了一层层深深的皱褶。他看上去严肃得可怕，顽固，傲慢。（半个小时里人们能干些什么呢？但什么也挽救不了他。这些事件就是我们的风景的特色。来伦敦的外国人很少不去参观圣保罗大教堂的。）他评判生活。这些浅粉色、嫩绿色的报纸是每个夜晚都压在世界的心与脑上的胶质薄纸。它们把整个世界拓印下来。雅各扫了一眼。罢工，谋杀，足球，尸体认领；英国上下齐呼吁。好悲惨，《环球报》给雅各·佛兰德斯提供不了好消息！当一个孩子开始念历史时，听到他稚嫩的声音读出古老的词语，人们惊奇中夹杂着悲哀。

首相的讲话用五栏多篇幅报道。雅各摸了摸口袋,掏出一只烟斗,开始装烟。五分钟,十分钟,十五分钟过去了。雅各把报纸拿过来往火里一扔。首相提出一项给爱尔兰自治的措施。雅各把烟斗磕净。他当然在想着爱尔兰的自治——一个棘手的问题。一个严寒的夜晚。

雪下了整整一夜,下午三点,满山遍野,白茫茫一片。山头上一簇簇的枯草格外显眼;荆豆花丛黑压压的,风卷起一阵阵冻粒,雪地上时不时地掠过一股黑森森的寒颤。声音活像扫帚在刷刷地扫地——刷刷地扫地。

小溪沿着一条谁也看不见的路蠕动。树枝和落叶缠在冻草里。天灰沉沉的;树铁黑铁黑的。毫不妥协的是乡间的严酷。四点钟,雪又下起来。白天已经离去。

只有一扇两英尺宽、涂成黄色的窗户独自与白野黑树抗争……六点钟,一个男人的身影儿提着一盏灯穿过田野……一片细枝编的筏子滞留在一块石头上,突然脱开了,向涵洞桥漂去……一块雪从一根冷杉树枝上滑下来……后来传来一阵悲伤的哭声……一辆汽车沿路驶来,把黑暗推向前去……黑暗又在后面拢来……

全然静止的空间把这些活动一一分离开。大地好像死了，躺在那里……然后，老牧羊人僵硬地穿过田野回来了。冻僵了的大地被僵硬地、痛苦地踩在下面，如同踏车一样，它在下面又产生压力。时钟疲惫的声音整夜重复着时辰这一事实。

雅各也听到了钟声，然后把炉火封上。他站起来，伸了个懒腰，上床睡觉。

九

罗克斯比尔伯爵夫人和雅各单独坐在桌子上首。露西伯爵夫人至少两个世纪以来（如果算上女系，有四个世纪了），靠香槟香料滋养，所以看上去气色很好。她长着一个善于辨别香味的鼻子，总是伸得老长老长，仿佛在追寻它们似的；她的下唇突现出一条窄窄的红唇条；她的眼睛小小的，上面有两簇沙棱，权当眉毛，她的双下巴十分肥厚。在她后面（窗户对着格罗斯夫纳广场）莫尔·普拉特正站在人行道上兜售紫罗兰；希尔达·托马斯，提起裙边，准备过马路。一个来自沃尔沃思；一个来自普特尼。两人都穿着黑色长统丝袜，但托马斯太太围着毛皮围脖。这种比较对罗克斯比尔夫人十分有利。莫尔有更多的幽默感，但言行激烈；而且也很愚蠢。希尔达·托马斯油嘴滑舌，她的银框眼镜斜架着；客厅里的托蛋架；遮起来的窗户。罗克斯比尔夫人,不论她多么其貌不扬,至少还是一个骑马纵狗的狩猎好手。她用刀不折,游刃有余,一边撕鸡骨头,一边用双手请求雅各原谅。

"是谁驾车过去了?"她问男管家博克瑟尔。

"菲特米尔夫人的马车,夫人。"这使她想到要寄张卡片向爵爷请个安。一个粗鲁的老太太,雅各想。酒好极了。她自称是"老太婆"——"肯赏光跟老太婆共进午餐,抬举呀。"——这话他听了很高兴。她谈起约瑟夫·张伯伦,此公她早就认识。她说雅各一定要来见见——我们的名流之一。艾丽斯小姐一条皮带牵着三条狗走了进来,还带着杰基,他赶忙跑过去亲她的祖母,这时博克瑟尔送来一份电报,有人给了雅各一支高级雪茄。

马在腾跳之前,先减减速,侧侧身,鼓足劲,然后,像巨浪似的跃起,冲向远处。树篱和天空划出一个半圆。然后,仿佛你的身体冲进了马的身体,跳跃的是和马的前肢长在一起的你的前肢,你从空中冲过,地面富有弹性,两个身体合成一块肌肉,然而你也在控制局面,挺直腰杆，保持不动，眼睛在准确地判断。然后弧线终止，变成了十足的捶打，声音刺耳；然后你颠了一下，就停住了；你向后坐一点儿，神采飞扬，心潮澎湃，怦怦跳动的动脉上蒙上一层冰釉，喘着粗气："啊！嚆！哈！"马儿在没有路标的十字路口挤作一团，个个身上雾气蒸腾，那个系围裙的女人站在门口瞪视着。那个男人从白菜地里站起来，也瞪视着。

雅各跃马驰过埃塞克斯原野，扑通一声掉进泥里，脱离了猎队，一个人骑在马上吃三明治，从树篱上方望过去，注意到那些旗号仿佛是新拼凑起来的，诅咒着自己的晦气。

他在店里喝了茶；大伙儿都在那儿，有的拍手，有的跺脚，说着"你先请"，干脆，利落，幽默，风趣，一张张脸红得像火鸡的肉垂，大家无所不谈，一直谈到霍斯菲尔德太太和她的朋友杜丁小姐在门口出现，她们把裙子卷了起来，头发盘成髻。汤姆·杜丁用鞭子敲打窗户。一辆汽车突突地驶进院子。先生们一面摸火柴，一面往外走，雅各和布兰迪·琼斯走进酒吧和乡下佬们一起抽烟。独眼龙老杰文斯也在那儿,衣服一片泥色,背上背着包,思想却踩进土里,在紫罗兰和荨麻中间扎根;玛丽·桑德斯拿着她的木盒子;教堂司事的弱智儿子汤姆,打发人去要啤酒——凡此种种,都发生在伦敦方圆不到三十英里的地区。

科文特广场恩德尔街的帕普沃思太太为新广场林肯律师学院的博纳米先生干活,当她在洗涤室里洗正餐用具时,她听到那位青年绅士在隔壁说话。桑德斯先生又来了;她指的是佛兰德斯;一个包打听老太婆在哪儿把名字搞错的呢,她怎么可能会如实地传播一场争论呢?她拿着盘子在水下冲,又把盘子摞起来放在嘶嘶作响的煤气下面时,都在听;听到桑德斯盛气凌人地大声说道:"好,"他说,"绝对的","公正","惩罚"及"大多数人的意愿"。然后,她的主人扯着嗓子说起来;她支持他的主人批驳桑德斯。然而,桑德斯是个帅小伙(所有的残渣都在洗涤槽里打旋儿,随后就被她那紫不溜丢的、几乎没有指甲的手清除了)。"女人们呀"——她想道,不知道桑德斯和他的主人那个样子干什么,她沉思的时候,一只眼皮明显地耷拉下来，因为她生过九个孩子——有三个死产，一个生下来就是聋哑儿。在把盘子往架上搁时，她又听到桑德斯在说话（"他也不给博纳米一个说话的机会"，她想）。"客观事物"，博纳米说；以及"共同基础"之类——全是大长词儿，她注意到。"书念多了就是这样。"她自忖道，一边把胳膊插进夹克衫里时又听到了什么——或许是火炉旁的小桌子——翻了；然后是咚咚咚的跺脚声——好像他们在互相厮打——在房间里兜圈子，搞得盘子跳起舞来。

"明天的早饭，先生。"她推开门说道；在那儿，桑德斯和博纳米像两头巴香公牛一样推来搡去，大吵大闹，椅子横七竖八。他们压根儿就没有注意到她。她却动了慈母之心。"你的早餐，先生。"当他们靠近一点时，她说。博纳米头发蓬乱，领带飞舞，突然住手，把桑德斯一把推到扶手椅里，说桑德斯先生砸破了咖啡壶，他在教训桑德斯先生——

此话不假，咖啡壶确实扔在炉前地毯上，破了。

"这星期除周四以外哪天都行。"佩里小姐写道，这绝不是第一封邀请信。难道佩里小姐一个星期除了周四每天都空闲无事？难道她惟一的愿望就是见见她老朋友的儿子？身系白色长丝带、富有阔绰的老小姐们有的是时间。她们把这些丝带绕来绕去，绕来绕去，五个女仆，一个男管家，一只漂亮的墨西哥鹦鹉，一日三餐，穆迪图书馆，还有时不时来访的朋友，都助了她们一臂之力。雅各没有来访，她已经有点儿伤心了。

"你母亲，"她说，"是我最老的朋友之一。"

罗塞特小姐坐在炉火旁，手拿《旁观者》周刊，脸朝着火浏览，她拒绝使用挡火隔板，但最终还是用了。大家当时在议论天气，因为考虑到帕克斯正往开摆小桌子，要事就推后了。罗塞特小姐把雅各的注意力引向漂亮的橱柜。

"把东西收拾起来，可算聪明到家了。"她说。那是佩里小姐在约克郡发现的。大家又议论起英格兰北部地区。雅各说话的时候，她们两个都在听。佩里小姐正想找点适合男人口味的话说，这时门开了，通报本森先生到了。这样，房间里坐了四个人。六十六岁的佩里小姐；四十二岁的罗塞特小姐；三十八岁的本森先生；还有二十五岁的雅各。

"我的老朋友看上去还是那么精神。"本森先生边说边敲着鹦鹉笼子上的栏条；与此同时，罗塞特小姐对茶赞不绝口；雅各递错了盘子；佩里小姐示意想坐近一些。"你的兄弟。"她开始含糊地说。

"阿彻和约翰。"雅各接上她的话茬。后来，令她高兴的是，她回忆起了丽贝卡的名字；以及有一天"当你们都是小不点儿，在客厅里玩耍的时候——"

"可是佩里小姐还拿着衬锅布呢。"罗塞特小姐说，果然佩里小姐把它按在胸口上。（当时她可曾爱上了雅各的父亲？）

"妙极了"——"不像通常那么好"——"我认为这极不公平。"本森先生和罗塞特小姐说道；他们在议论周六的《威斯敏斯特报》。他们没有像平常那样争奖？本森先生不是有三次赢了一个几尼，罗塞特小姐一次赢过十先令六便士吗？当然，埃弗拉德·本森仍然有一点疲软的心劲来赢奖,来念记鹦鹉,来奉承佩里小姐,来鄙薄罗塞特小姐,来他的住处举办茶会(房间都是按惠斯勒的风格布局的,桌上摆着漂亮的图书),凡此种种,使他成了一头可鄙的蠢驴,雅各有这种感觉,却并不了解他。至于罗塞特小姐,她一直在调养癌症,现在还画水彩画。

"这么快就走?"佩里小姐含糊地说,"我每天下午都在家,如果你没要紧事儿——当然,周四除外。"

"据我所知,你一次也没抛弃过你那些老小姐。"罗塞特小姐说着话,本森先生弓着身子看笼里的鹦鹉,佩里小姐朝铃走过去……

在两根淡绿的大理石柱子间,火燃得分外明艳,炉台上有一座绿钟,由倚戟而立的不列颠尼娅[1]守护着。至于图画——头戴一顶大帽子的少女从花园门上方把玫瑰递给一位十八世纪装束的绅士。一只大驯犬靠着一扇破门展开身子卧着。窗户下面的几块玻璃是磨砂的,窗帘是长毛

---

[1] Britannia,英帝国的拟人化称呼,以头戴钢盔、手持盾牌及三叉戟的女性为象征。

绒的，一圈一圈，卷得十分规正，也是绿的。

劳蕾特和雅各并排坐在套着绿长毛绒套的大椅子里，脚趾伸进火炉围栏里。劳蕾特的裙子很短，双腿修长，袜子是透明的。她用手指搓着脚踝。

"说我不懂，并不准确，"她若有所思地说，"我必须再去试试。"

"你什么时候去那儿？"雅各问。

她耸了耸肩。

"明天？"

不，不是明天。

"这里的天气使我向往农村。"她边说边扭过头，透过窗户望着一幢幢高楼的背后景色。

"我希望你周六和我在一起。"雅各说。

"我以前常去骑马。"她说。她优雅、沉静地站了起来。雅各也站了起来。她冲他笑了笑。她关门时，雅各把好多先令放到炉台上。

总而言之，是一场极其通情达理的谈话；一个十分得体的房间；一个聪明伶俐的女孩。只有亲自把雅各送出门的夫人身上有那种妖媚乜斜的眼神，那种淫荡的做派，那种表面的震动（主要在眼睛里清晰可见），它大有把费了九牛二虎之力收拢到一起的整包粪便洒到人行道上的危险。总而言之，出事儿了。

不久前工匠们给麦考利勋爵①的名字的最后一笔涂上了金，一个个名字不间断地排成一列，环绕着大英博物馆的圆屋顶延伸开来。在下面相当深的地方，座位排列恰如一个车轮的辐条，成百上千的人坐在那里抄抄写写，把印刷本上的内容，誊抄到手写本上；他们不时地站起来查查目录；又蹑手蹑脚地回到自己的座位上，在此期间，时不时地会有一个默不作声的人填补他们隔间的空缺。

突然发生了一起小小的祸患。马奇门特小姐的一摞书倒了，掉进了雅各的隔间。马奇门特小姐竟然遇到了这种事情。她身着旧长毛绒套装，头戴着紫红假发，戴着珠宝，长着冻疮，她翻遍成千上万页书要寻找什么呢？有时

---

① 指英国政治家、历史学家 Thomas Babington Macaulay（1800—1859）。

是一件事,有时又是另一件事,来证实她的哲学:颜色就是声音——或许它与音乐有关。她无法把话说死,尽管并不是由于缺少尝试。她不会请你回她的房间,因为房间"我担心不十分干净",因此她必须在走廊里叫住你,或者在海德公园坐在一把椅子上解释她的哲学。灵魂的节奏取决于这种哲学("那些男孩是多么粗野啊!"她会说),还有阿斯奎斯先生①的爱尔兰政策,莎士比亚走进来,"亚历山德拉女王有次极其亲切地确认收到了我的一本小册子。"她会一边说一边把那些男孩子赶得远远的。但她需要资金出书,因为"出版商是资本家——出版商是胆小鬼"。这样,她那摞书冷不防叫她的胳膊肘儿一碰,就倒了。

雅各纹丝不动地坐着。

但在另一边,无神论者弗雷泽,由于讨厌长毛绒,不止一次地跟传单套近乎、愤愤地换了个位置。他对含糊深恶痛绝——譬如说,基督教以及老帕克院长的看法。帕克

---

① 阿斯奎斯(Henry Asquith,1852—1928),英国自由党领袖,1908年至1916年任英国首相。

院长著书立说，弗雷泽便用逻辑的力量把它们彻底摧毁，而且不让自己的孩子受洗——他的妻子偷偷地在洗衣盆里给孩子们施洗——但弗雷泽对她置之不理，继续支持渎神分子，散发传单，在大英博物馆里收集事实，他总是穿着同一件格子西装，打着火红的领带，但他面色苍白，声名狼藉，脾气暴躁。确实，这算哪档子事呀——消灭宗教！

雅各把马洛的戏文抄了整整一段。

女权主义者朱莉娅·黑吉小姐，等着她的书。书还没有来。她给钢笔吸墨水。她环顾四周。她的目光注意到了麦考利爵士名字的最后几个字母。她把圆屋顶上的名字看了一圈——提醒我们的伟人的名字——"噢，不像话，"朱莉娅·黑吉小姐说，"他们为什么不给爱略特或勃朗特留一席之地呢？"

不幸的朱莉娅！心情苦涩地给钢笔吸着墨水，鞋带松开了也不系。书到了以后，她就投入到繁重的劳动中去，但通过她那恼怒的感觉的一根神经觉察出男读者们是多么镇静、超脱，而又关切地投入到他们的劳动中去。就拿那个小伙子为例。除了抄诗,他还要做什么呢?而她必须研究统计数字。女人比男人多。是的,但要是你让女人像男人那样工作,她们会死得快得多。她们就会灭绝。那是她的论点。死亡、苦水和凡尘凝聚在她的笔端;下午的时光慢慢消逝,她的颧骨泛起了红潮,眼睛里闪现出一种光彩。

但是什么风把雅各·佛兰德斯吹到大英博物馆里读马洛呢?

青春,青春——些许野性——些许迂腐。譬如说,有梅斯菲尔德先生,有本涅特先生。①把他们扔进马洛的火焰里,把他们烧为灰烬。别留下一丝痕迹。不要随便应付二流作家。憎恨你自己的时代。建立一个更好的。为了付诸实施,给你的朋友读一读论马洛的乏味透顶的文章。为了这一目的,你必须在大英博物馆里,校读各种版本。你必须亲自动手。维多利亚时代的文人偷天换日,当代文人

---

① 这两位分别指英国诗人 John Mesefield(1878—1967)和英国小说家 Arnold Bennett(1867—1931)。

则摇唇鼓舌，相信他们，一无所用。未来的血肉全靠六个年轻人了。由于雅各就是其中之一，毫无疑问，他在翻书时有点儿威风八面的样子，朱莉娅·黑吉看不惯他，就在情理之中了。

但后来一个胖脸男子将一张纸条推给雅各，雅各靠在椅背上，两人便开始叽叽咕咕，搞得人心烦意乱，过会儿便一起走了（朱莉娅·黑吉盯着他们），一走进大厅就放声大笑起来（她想）。

没有人在阅览室里大笑。有的只是换位声，低语声，深感愧疚的喷嚏声，以及突如其来、肆无忌惮、震耳欲聋的咳嗽声。阅览时间快完了。服务员们正在交接工作。懒惰的学生想伸伸懒腰，好学的学生争分夺秒，奋笔疾书——啊，一天又过去了，收效甚微！不时地从人群中传出一声沉重的叹息，紧随其后的是那个屈辱的老头无所顾忌的咳嗽，可马奇门特小姐却变得马儿一样亲切。

雅各回来时，刚好赶上还书。

现在书被放回原处。围绕着圆屋顶星星点点地分布着几个字母。在圆屋顶的一圈中紧挨在一起的是柏拉图、亚里士多德、索福克勒斯和莎士比亚；罗马、希腊、中国、印度和波斯等国的文学，一页页诗叠在一起，一个个锃亮的字母紧挨着，含义深厚，精彩纷呈。

"人确实想喝茶。"马奇门特小姐说，要领回她那把破伞。

马奇门特小姐想喝茶，但又忍不住把埃尔金大理石雕像看上最后一眼。她斜眼注视着这些石雕，又是挥手，又是问候，搞得雅各和另一个人转过身来。她冲着他们亲切地笑了笑。这统统进入了她的哲学——颜色就是声音，也许它和音乐有关。做了祈祷以后，她便一瘸一拐地去喝茶了。该下班了。大家都集中在大厅里取伞。

大多数学生都在耐心地等待。有人检查白圆牌时，站着等待倒可以缓解焦急情绪。伞是肯定会找到的。但事实成天通过麦考利、霍布斯、吉本，通过八开本、四开本、对开本图书，牵着你走；通过高级白板纸书页和摩洛哥皮封面越来越深地积淀成这种深厚的思想，这种广博的知识。

雅各的手杖和别人的一样；它们可能把文件架打乱了。

大英博物馆里有一种博大的思想。想想看，在那里，柏拉图和亚里士多德脸贴脸；莎士比亚与马洛肩并肩。这种伟大的思想储存在一起，是任何单一的思想无力占有的。然而（由于他们花很长时间才能找到自己的手杖）人们不禁思量：人们怎么可以带个笔记本来，坐在书桌旁，把它读通呢。学识渊博的人是最值得尊重的——像三一学院的赫克斯塔布尔那样的人，人们说他的信统统都是用希腊文写的，本来可以和本特利[①]并驾齐驱。还有科学，绘画，建筑——一种博大的思想。

他们把手杖放到柜台上。雅各站在大英博物馆的门廊下面。下雨了。拉塞尔大街油亮油亮的——这儿黄灿灿的；这儿，药店外面，又是红通通、蓝莹莹的。人们急匆匆地紧贴着墙根；马车在大街上乱哄哄地奔跑。但小雨无大碍。雅各走得很远很远，仿佛置身于乡间；那天夜里很晚很晚，他还坐在桌前抽烟，看书。

[①] 理查德·本特利（Richard Bentley, 1662—1742），英国古典学术研究史上的重要学者和校勘家，曾任剑桥大学三一学院院长和钦定神学讲座教授。

大雨如注。大英博物馆矗立在雨中，宛如一座坚实巨大的山丘，灰溜溜、光油油的，离他不过四分之一英里远。广博的思想裹在石头里；大英博物馆深处的每个隔间干干的，平安无事。巡夜人用手电筒照着柏拉图和莎士比亚的背，确保二月二十二日没有火情，没有老鼠和窃贼来侵犯这些瑰宝——可怜而又非常可敬的人们，妻小都在肯特镇，二十年如一日尽心尽力守护着柏拉图和莎士比亚，死后就葬在海格特墓地。

石头坚固地笼盖着大英博物馆，如同骨头冷冷地笼盖着大脑的想象和热情一样。只有在这里，头脑才是柏拉图的头脑，才是莎士比亚的头脑。这样的头脑制造出了罐子和雕像，高大雄壮的公牛和小巧玲珑的珠宝，从这面、从那面，不停地跨越死亡之河，力图上岸，时而把尸体裹好让它长眠；时而在眼睛上放一枚小钱；时而一丝不苟地把脚趾转向东方。与此同时，柏拉图在继续他的对话；尽管天在下雨；尽管出租汽车在鸣笛；尽管在奥门德大街后面的鸡毛店里住的那个女人喝得醉醺醺地回家，彻夜喊叫着："让我进去！让我进去！"

雅各的房间下面的街道上,人声鼎沸。

但他继续读书。因为毕竟柏拉图在泰然自若地继续着他的对话。哈姆雷特在念他的独白。埃尔金大理石整夜在那儿躺着,老琼斯的手电筒有时召回尤利西斯,或者一个马头;有时亮出一闪金光,或者一个木乃伊凹陷的黄脸。柏拉图和莎士比亚继续往下讲;雅各在读《斐德罗篇》,听到人们在灯柱周围大声喧哗,那个女人一边砰砰地砸门,一边大声地叫嚷:"让我进去!"仿佛有一块煤从火里滚下来,又好像一只苍蝇从天花板上掉下来,摔得十分狼狈,再无翻身之力了。

《斐德罗篇》很难读。一个人总算能一往无前,昂首阔步地向前读下去,一时成了(看上去如此)这种滚滚向前、从容不迫的力量的一部分,自从柏拉图在雅典卫城上漫步以来,这种力量已经驱走了前面的黑暗,在这种情况下是不可能关照炉火的。

对话结束了。柏拉图的辩论也终止了。柏拉图的辩论储存在雅各的脑海里,有五分钟光景,雅各的思绪继续单独勇往直前,向黑暗挺进。然后他起身拉开窗帘,对面的斯普林盖特一家怎么已经睡觉了；雨是怎么下的；那几个犹太人和那几个外国女人站在街头的邮筒边怎么争论，他看得惊人的清楚。

每次开门有新人进来的时候，已经在屋里的人便稍稍挪动挪动；站着的人扭过头来看看；坐着的人一句话没说完就打住了。由于灯，由于酒，由于不断拨弄的吉他声，每次开门都有激动人心的事儿发生。谁进来了？

"是吉布森。"

"那个作画的吗？"

"你接着往下说。"

他们谈的事情过于隐秘，因此不便直说。人声嘈杂，在威瑟太太小小的脑海里仿佛掀起了轩然大波，把一群群小鸟惊起飞向天空，然后它们会落下来，然后她会感到害怕，一只手摸摸头发，两只手抱抱膝盖，紧张地抬眼望着奥利弗·斯克尔顿，说：

"答应我，答应我，你对谁也不会讲。"他如此体贴，如此温柔。她在议论她丈夫的性格。他冷冰冰的，她说。

走到他们跟前的是仪态万方的玛格德琳，棕色的皮肤，热烈的性情，丰硕的身体，很少用穿着凉鞋的脚刷擦草地。她头发飘逸；发卡似乎与飞舞的发丝不大搭界。当然，身为一名演员，她脚下总是有一线光彩。她只说了一句"我亲爱的"，但她的声音却在阿尔卑斯山口中间回荡不绝。尔后她摔倒在地上，唱着圆润洪亮的"啊""噢"，因为无话可说，诗人曼津向她走来，抽着烟斗，低头打量着她。舞会开始了。

花白头发的凯默太太问迪克·格雷夫斯曼津是谁，她说这种事她在巴黎屡见不鲜（玛格德琳坐在他的膝上；这会儿他的烟斗叼在她嘴里），所以就见怪不怪了。"那是谁？"当他们向雅各走去时，她扶住眼镜问道，因为雅各确实看上去文静而不冷漠，但却像一个在海滩上观景的人。

"哦，亲爱的，让我靠在你身上。"海伦·阿斯丘单脚跳着，气喘吁吁地说，因为她脚踝上的银链松了。凯默太太转过头来看着墙上的画。

"瞧雅各。"海伦说（他们正蒙着她的眼睛做游戏）。

迪克·格雷夫斯，略带醉意，为人忠实，头脑简单，告诉她说他认为雅各是他认识的最了不起的人。于是他们盘起腿在垫子上坐下，议论雅各，海伦的声音发颤，因为他们俩在她眼里都是英雄豪杰，他们之间的友谊要比女人之间的友谊高雅得多。安东尼·波莱特请她跳舞，她一边跳舞一边回过头来望着他们，他们站在桌旁，一起喝酒。

神奇的世界——活跃、健全、生机勃勃的世界……这些字眼指的是一月凌晨两三点钟哈默斯密斯和霍尔本之间的那段木制人行道。也就是雅各脚下的那片土地。这地方之所以健全，神奇是因为一家鸡毛店上面的一个房间，这家鸡毛店离河不远，里面住着五十个兴奋、健谈、友好的房客。大步跨过人行道（很难看到出租车和警察）本身就令人欢喜雀跃。皮卡迪利大街的长环镶嵌着宝石，在空空荡荡的时候，最显它的本色。年轻人是无所畏惧的。相反，尽管他可能语不惊人，但心里感到非常自信：他能站稳立场。他很高兴遇到了曼津；他钦佩地上的那个年轻女人；他喜欢他们大家；他喜欢这一类事情。总而言之，鼓号齐鸣，无一例外。此时此刻街上只有清道夫。说雅各对他们多么喜欢，几乎是多此一举；用自己的钥匙打开自家的门，走进屋里多么令他高兴；他怎么把十来个人带回那间空屋子，这些人他出门时还素昧平生；他是怎样地东张西望，想找点东西读读，可找到后又从来不读，就睡着了。

其实，鼓号并非乐句。其实，皮卡迪利大街和霍尔本街，空无一人的起居室和有五十个人的起居室随时都会传出音乐的。女人也许比男人容易兴奋。难得有人谈及这件事，看到人流涌过滑铁卢桥去赶开往瑟比顿的直达火车，你以为什么原因驱使着他们。不对，不对。是鼓号声。只要你拐进滑铁卢桥上的一个小侧栏，把这事思量一番，你也许会觉得全是一团乱麻——全是一个谜。

人们川流不息走过桥去。有时，在马车和公共汽车之间，会出现一辆上面绑着森林大树的大卡车。然后，也许是一名石匠的运货车，车上装着新刻好的墓碑，碑上写着某人如何热爱葬在普特尼的某人。然后，前面的汽车猛地向前一颠，墓碑过去得太快，你来不及看更多的碑文了。

在此期间，人流一直滚滚不息，从萨里街一侧向滨河路那边涌去；从滨河路向萨里街这边涌来。仿佛穷人已经洗劫过这个城市，现在吊儿郎当返回自己的住处，就像甲虫急匆匆地赶回自己的洞去一样，因为那个老婆婆一瘸一拐地向滑铁卢桥走来，拎着一个亮晃晃的包，仿佛她出来见过阳光后，现在拿了一些刮干净的鸡骨头赶回她的地下窝棚里去。另一方面，虽然狂风猛吹着她们的脸，但那几个女孩子仍然手牵着手，大步流星地走着，声嘶力竭地唱着，似乎既不感到冷，也不觉得羞。她们没戴帽子。她们洋洋得意。

风掀起了大浪。河水在我们脚下奔腾，站在驳船上的人只好把全身的重量靠在舵柄上。一块黑柏油帆布被系住，蒙在一船鼓鼓的金子上。铺天盖地的煤炭闪着乌黑的光。像往常一样，缆绳甩到河边大旅馆的大木板上，旅馆的窗户上早已有星星点点的灯光。另一边，这个城市显现出白发皓首的苍老。圣保罗大教堂在它旁边用回纹装饰的、尖尖的、或长方形的建筑物上凸出来，白光耀眼。只有十字架闪着金红的光芒。但我们到了哪个世纪？这支从萨里街一侧到滨河路去的浩浩荡荡的队伍会永远川流不息吗?那位老人这六百年来一直在过这座桥,后边跟着一群群吵吵嚷嚷的小男孩,因为他醉了,或者不幸瞎了眼,身上裹着朝圣者穿的那种破衣烂衫。他拖着脚慢慢磨蹭。没有站着不动的。仿佛我们向着乐声迈进;也许向着风和河;也许向着这些鼓号声——灵魂的狂喜和骚动。哎,甚至苦笑,那个警察,非但没有指责那个醉汉,反而幽默地打量着他。小男孩们又蹦蹦跳跳地回来了,萨默塞特宫里来的高级职员对他无可奈何,只有容忍。那个在书摊前才读了半页《洛泰尔》①的人怀着善心沉思默想,目光离开了书本,那个女孩在十字路口犹豫了一下,向他投来年轻人灿烂而又茫然的一瞥。

灿烂而又茫然。她也许有二十二岁,衣衫褴褛。她穿过马路看着花店橱窗里的黄水仙和红郁金香。她迟疑稍许,向着坦普尔门的方向走去。她走得很快,可什么都让她分心。时而像在观察,时而又像什么都没注意。

---

① 英国政治家、作家本杰明·迪斯雷利的小说。

十

穿过圣潘克拉斯教区的一片荒冢,范妮·埃尔默在歪在墙上的白色墓碑中间溜达,穿过草丛要看一个名字,守墓人过来时,她又急匆匆往前走去,三步并作两步上了街,时而在一扇摆着蓝色瓷器的橱窗前驻足,时而要尽快追回浪费掉的时间,冷不防进了一家面包店,买了几个面包圈,又添了几块蛋糕,然后又继续赶路,谁想跟上,必须一溜小跑才行。不过她的衣着并不寒碜。她穿着长筒丝袜,蹬着银扣皮鞋,只是帽子上的红色羽毛已经耷拉下来,手袋上的搭扣也松了,因为她走路时,一份蒂索夫人的节目单从包里掉了出来。她有牡鹿那样的腿脚。她把脸捂着。当然,在这样的暮色中,迅疾的动作,急促的顾盼,凌云的希望,都来得极其自然。她正好从雅各的窗下经过。

房子低平，黑暗而又寂静。雅各在家里潜心研究一个棋局，棋盘搁在他膝间的凳子上。他一只手拨弄着后脑勺上的头发。他慢慢地把这只手伸向前去，把白后从它所在的棋格中拿起来；随后又将它放回原处。他装上烟；沉思片刻；又把两个兵动了一下；把白马向前推了一步；之后，他把一根手指压在象上，再度陷入沉思。此刻，范妮·埃尔默从窗下走过。

她是去给画家尼克·布拉姆汉当模特儿呢。

她坐着，身上裹着一条西班牙花披肩，手里拿着一本黄皮小说。

"低一点，放松一点，这样——就好多了，这就对了。"布拉姆汉喃喃地说道。他一边给她画像，一边抽烟，自然也就少言寡语了。他的头仿佛出自一位雕刻家之手，此人把额头削得方方正正，把嘴巴拉得平平展展，而且留下了不少拇指的泥印和别的指头的泥纹。但眼睛总是圆睁着，十分突出，布满血丝，仿佛是总在虎视眈眈造成的。他说话时，眼神露出片刻的迷乱，但接着又瞪视起来。她头上悬着一盏无影灯。

女人的美貌就像海上的灯光，绝对不会专照一个波浪。所有的海浪都沾它的光；所有的海浪又都保不住它。她时而像一块腊肉那样死板粗厚，时而又像一块悬挂着的玻璃那么透明。固定的面孔就是死板的面孔。这里是威尼斯夫人，表现得如同一座供人瞻仰的纪念碑，但却是用雪花石膏雕刻成的，准备摆到壁炉台上，一尘不染。一个浑身上下呈黑色的时髦女郎只当作一个实例，摆在客厅桌子上。街头女郎一个个都是扑克牌那样的脸面；轮廓里面毫不含糊地涂满了粉红或金黄，周围的线条画得很紧凑。从顶楼的窗户探出身子往下看，你便把美貌本身尽收眼底；或者在一辆公共汽车的角落里，或者蹲在排水沟里——美光彩照人，突然咄咄逼人，转瞬之间又退避三舍。谁也别想指望它，抓住它，或是把它包在纸里。在商店里将会一无所获，天知道：在家中枯坐胜过在玻璃橱窗前流连，指望把绿娇红姹活脱脱地从橱窗里夺走。茶盘里的海玻璃失去光泽不会比丝绸更快。因此如果你谈论一个美女，那你就是在谈论某种转瞬即逝的东西，可以说在它利用范妮·

埃尔默的眼睛、嘴唇或面颊，闪现出瞬间的光辉。

她并不美，因为她僵直地坐在那里；她的下唇太突出；她的鼻子太肥大；她的眼睛凑得太近。她身材单薄，双颊明丽，头发乌黑，此刻显得闷闷不乐，或者由于久坐而显得有些僵硬。当布拉姆汉折断炭笔的时候，她惊了一下。布拉姆汉突然来了脾气。他蹲在煤气取暖器前面暖手。这时，她却在注视着他的画作。他嘴里咕哝着。范妮披上一件晨衣，烧了一壶水。

"老天作证，这画太次了。"布拉姆汉说道。

范妮一屁股坐在地上，双手抱膝，瞅着他，她美丽的眼睛——是的，美，飞过房间在那里闪耀了片刻。范妮的目光似乎在询问，在怜悯，转瞬间变得含情脉脉。但是她太夸张了。布拉姆汉毫无觉察。水烧开时，她爬起来，活像一匹马驹或一只小狗，而不像一个脉脉含情的女人。

这时雅各走到窗前，双手插在口袋里站着。斯普林盖特先生从对面出来，瞅了瞅他的橱窗，又进去了。孩子们从旁溜达过去，眼巴巴地望着粉红色的棒棒糖。皮克福德的货车在街上摇摇晃晃地驶过。一个小男孩从一根绳子上翻身而下。雅各转过身来。两分钟后他打开了前门,朝霍尔本走去。

范妮·埃尔默从钩子上取下斗篷。尼克·布拉姆汉拔掉钉画的图钉,把画卷起来夹在腋下。他们熄了灯,上街去,穿过人海,绕过车水马龙,总算到了莱斯特广场。比雅各早到五分钟,因为他的路稍微远一点,在霍尔本又被等着看国王御驾经过的人群挡住了去路,结果,当雅各推开弹簧门来到尼克和范妮身边时,他俩早已靠在帝国剧场走廊的栏杆上了。

"嗨,是你啊,压根儿就没看见。"五分钟后尼克说。

"真他妈的倒霉。"雅各说。

"埃尔默小姐。"尼克说。

雅各把烟斗从嘴里拿出来,显得很尴尬。

他十分尴尬。他们坐在一张长毛绒沙发上,让烟雾在他们和舞台之间袅袅升起,听见远处的尖声高调和管弦乐欢快适时地演奏,他依然很尴尬,只是范妮在想:"多么美妙的声音！"她觉得他少言寡语，却字字千钧。她想着年轻人是多么卓尔不群，多么漫不经心，一个人可以多么安静地坐在雅各旁边注视着他。他又会显得怎么地孩子气十足，带着对晚会的厌倦而来，她想，多么威严；也许还带着几分傲慢。"但我是不会被震慑住的。"她想。他站起身来斜倚着栏杆。烟雾萦绕着他。

烟雾似乎永远在衬托年轻男子的美，他们无论在绿茵场上驰骋，还是在打板球、跳舞、奔跑或沿街散步，都是那么的生龙活虎。也许他们很快就会失去这种美。也许他们心驰神往的是古代的英雄豪杰，所以有点不屑与我们为伍，她想（就像正要演奏却突然绷断的琴弦那样颤抖着）。然而，他们好静，谈吐优雅，一言出口，声成金石，不像女孩用的小硬币那样丁零当啷；他们行动果断，仿佛停留多久，何时离开，都胸有成竹似的——哦，不过佛兰德斯先生只是去取了一份节目单。

"跳舞的最后出场。"他说着，回到了他们身边。

有意思，范妮还在想，怎么小伙子总是把银币从裤兜里大把大把地掏出来看，而不装在钱包里呢？

然后,那里只有她独自一人,穿着一条白色荷叶边的裙子在舞台上旋转飞舞,音乐就是她的灵魂的盘旋跌宕,整个世界这台机器完完全全、顺顺溜溜地卷进了这些迅疾的漩涡和飞瀑中,她觉得,此时此刻她倚在栏杆上僵直地站着,离雅各·佛兰德斯有两英尺远。

她的一只揉成一团的黑手套掉在了地上,当雅各把手套递给她时,她吃惊而又生气。从来没有这么毫无道理地恼羞成怒。雅各一时心生畏惧——如此暴跳如雷,如此危险可怕,正当年轻女人僵立着;抓住栏杆;坠入爱河的时候。

时值二月中旬,汉普斯特德郊外花园的上空笼罩着一层飘悠的烟霭。天气太热,不宜出行。一只狗在洼地上汪汪地叫个不停。流动的影子掠过平原。

久病之后的身体显得疲软、消极,嘴馋想吃美味佳肴,但胃弱却又无福消受。狗在洼地上狂吠,人泪如泉涌,孩童在滚铁环,乡野忽明忽暗。仿佛隔着一层面纱。啊,把面纱画厚一点,以免我被韶光美景冲昏了头。范妮·埃尔默坐在法官路的长凳上望着汉普斯特德郊外花园喟叹不已。狗还在狂吠不止。汽车在路上呼啸而过。她听到远处一阵飒飒声、嗡嗡声。她心潮涌动。她起来走一走。绿草茵茵；烈日炎炎。孩子们围着池塘弯着身子放小船；保姆来拽他们时，他们就大叫大喊。

正午，年轻女子出来到户外走走。男人们都在城里忙活。女人们站在碧波荡漾的池塘边。清风把孩子们的声音扩散开来。我的孩子们，范妮·埃尔默想道。女人们站在池塘周围把那些蹦蹦跳跳的粗毛大狗赶开。宝宝躺在婴儿车里轻轻地摇。一个个保姆、母亲和闲逛的女人的眼睛都有点儿呆滞、出神。孩子们拉着她们的裙子求她们往前走时，她们轻轻颔首，却不作答。

范妮往前走着，听见一声呼叫——也许是工人的哨声——响彻云霄。树林里，画眉鸟冲着暖风发出一阵婉转的欢唱，但似乎被惊了一下，范妮想；仿佛它也抑制不住心头的喜悦——仿佛有人在欣赏它的歌唱，仿佛它心潮澎湃，只有一唱为快似的。瞧！它急不可待，又飞到另一棵树上。她听见它的歌声更加幽微。此外就是车轮的嗡嗡,清风的飒飒。

她花十便士吃了顿午餐。

"天啊,那位小姐把伞忘了。"那个面色斑驳的女人咕哝道,她坐在乳品专卖公司商店门口的玻璃亭里。

"也许我能追上她。"梳着浅色发辫的女招待米莉·爱德华兹话音未落,就冲出了店门。

"白跑了一趟。"她说,很快便拿着范妮的那把不值钱的伞跑了回来。她一只手整整辫子。

"该死的门!"出纳员抱怨道。

她手上戴着连指手套,收点纸片儿的指尖臃肿得如同香肠。

"馅饼配蔬菜一份。大杯咖啡带松饼。鸡蛋吐司。两块水果蛋糕。"

女招待的尖嗓门戛然而止。午餐客听到自己点的饭菜被重复了一遍,表示认可;眼巴巴地望着邻桌的饭菜端了上来。他们的鸡蛋吐司终于来了。他们便不再东张西望。

一块块潮润的到口酥掉进了张得像三角口袋似的嘴

巴里。

打字员内莉·詹金森心不在焉，把蛋糕弄碎了。每次门一开，她总要抬头看一眼。她等着看什么呢？

煤商目不转睛地看着《电讯周刊》，没碰到茶盘，走了神儿，乱摸一通，把茶杯直接放到了桌布上。

"听说过那种离谱的事吗？"帕森斯太太打起了退堂鼓，掸掉裘皮大衣上的饭渣。

"热牛奶司康套餐一份。一壶茶。面包卷配黄油。"女招待喊道。门开门关。

这就是上了年纪的人的生活。

躺在小船上观浪奇趣无穷。三层浪一层接一层匀匀地涌过来，大小差不多。第四层接踵而至，大得让人胆战心惊；它把船抬起；又向前涌去；不知怎么的，却一事无成，逐渐消逝；最后把自己抹平，跟大家贴到一起。

什么能比狂风中树枝的摇晃更加猛烈呢？树从树干到树梢完全屈服了，顺着风势飘摇、颤抖，决不狂飞乱舞。

庄稼扭动，压低身子，仿佛要将自己连根拔起，但还是被牵制住了。

哎,就从这些窗户里,即便在黄昏时节,你也可以看见一个趾高气扬的家伙在街上肆虐,仿佛在伸展双臂,望眼欲穿,张着嘴巴。然后,我们只能平静地坐下。因为如果这种张扬继续下去,我们就会像泡沫一样被吹向天空。星星就会透过我们闪光。我们应当用盐滴杀杀狂风——有时候情况就是这样。因为暴烈的精神不会得到这种摇篮的抚育。对于它们永远没有任何摇摆,任何漫无目的的依靠。永远不会假装或者心安理得地撒谎,或者亲切真诚的设想:彼此大同小异,火暖,酒香,越轨就是罪。

"大家都是好人,一旦你了解了他们,便会这样想。"

"我不能对她有不好的看法。人们必须记住——"但是也许尼克或者范妮·埃尔默由于对一时的真情深信不疑,便飞奔出门,脸颊生疼,像尖厉的欢呼声一样不见了。

"啊,"范妮说着,冲进画室,晚到了三刻钟,因为她一直在育婴堂附近盘桓,一心要找机会看到雅各一路走来,掏出钥匙开门,"恐怕我是来迟了。"尼克听了一言不发，范妮便产生了对抗情绪。

"再也不来了！"她终于喊了起来。

"不来就不来。"尼克答道，她连晚安也没说，就夺门而出。

真是巧夺天工——沙夫茨伯里大道附近埃瓦里娜时装店里的那件女装！四月初的一个晴天，四点钟，难道只有范妮一人在屋里度过四点的大好时光？在那条街上，别的姑娘不是坐着低头看账本，就是没精打采地在丝绸和薄纱间抽出一根根长丝，或者用丝带绾成斯旺和埃德加字样的花彩，赶快把零头在账单背后加起来、把那一又四分之三码的料子用棉纸一裹，问下一个人："您想要什么？"

在沙夫茨伯里大道附近的埃瓦里娜时装店里，女人各个部位的衣饰分开陈列着。左手是裙子。中间柱子上绕着一条羽毛围巾。帽子摆放得就像坦普尔门上的犯人的脑袋——有翠绿的，有白的，有轻轻地点缀着花环的，有在地道的羽毛下耷拉下来的。踩在地毯上的是她的脚——金色尖头的，或者红条漆皮的。

女人大饱眼福后,四点钟的衣服就像面包店橱窗里的糖饼,沾满了蝇屎。范妮也目不转睛地看着。

但从杰拉德大街走过来一个穿着破外套的男子。一个影子落到埃瓦里娜时装店的橱窗上——雅各的影子,尽管它不是雅各。范妮转过身沿着杰拉德大街走去,想着自己要是读过这些书该多好。尼克从不看书,从不谈论爱尔兰,也不谈论上议院;就像他不看不谈他的手指甲!她想学拉丁文,想读维吉尔。她曾经博览群书。她读过司各特;她读过大仲马。在斯雷德没人看书。没有人知道范妮在斯雷德待过,也没人想过在她眼中那里是多么的空虚;热衷于耳环、热衷于跳舞、热衷于汤克斯和斯蒂尔①——那时候只有法国人才深谙绘画之道,雅各说。因为现代派画家无所作为;绘画是艺术中名声最差的;为什么偏偏不看马洛和莎士比亚?雅各说,要看小说,为什么偏偏不看菲尔丁?

"菲尔丁。"当查令十字街的那个人问范妮要什么书

---

① 分别指英国画家 Henry Tonks(1862—1937)和 Philip Wilson Steer(1860—1942)。

时，她这样答道。

她买了本《汤姆·琼斯》。

早上十点，在与一位教师合住的房间里，范妮·埃尔默在看《汤姆·琼斯》——那本神秘的书。因为这本枯燥的东西（范妮想）写了一些名字古怪的人，它正是雅各所喜欢的。好人喜欢它。不讲究坐姿的邋遢女人看《汤姆·琼斯》——一本神秘的书；因为书里有些东西，范妮想，如果我受过教育，我是会喜欢的——胜过喜欢耳环和鲜花，她叹息着，想起了斯雷德的走廊和下周的化装舞会。她没有什么行头。

他们是真诚的，范妮·埃尔默心想，把脚搭在壁炉台上。有的人如此。尼克可能也是这样，只是他有些傻气。女人从不这样——除了萨金特小姐，但是她在午餐时走了，装腔作势。他们静静地坐在那里，埋头夜读，她想。不去音乐厅；不去看橱窗；不跟别人换衣服穿，罗伯逊曾围过她的围巾，她穿过他的背心，若是换了雅各，他会极不自在；因为他喜欢《汤姆·琼斯》。

书摆在她的膝头，双栏排印，定价三先令六便士，这本神秘的书文笔极美,雅各说,在书里亨利·菲尔丁多少年前就斥责范妮·埃尔默见了红色就眼馋。因为他从不看现代小说。他喜欢《汤姆·琼斯》。

"我的确喜欢《汤姆·琼斯》。"范妮说,时间是四月初的那一天的五点半,当时雅各正坐在她对面的扶手椅上,掏出了烟斗。

哎呀,女人尽说谎!但是克拉拉·达兰特却不。无瑕的思想;率真的天性;一个被链在石头上(朗兹广场附近的某个地方)的童贞女,永远为穿白背心的老人斟茶,蓝眼睛,直勾勾地盯着你的脸,演奏着巴赫的乐曲。她是雅各最尊敬的女人。但与身穿天鹅绒的贵妇坐在一起共用黄油面包,在老佩里小姐倒茶时,对克拉拉·达兰特说的话决不比本森对鹦鹉说的多,这是对人性的自由和尊严——或类似的说法——的一种令人无法忍受的践踏。因为雅各一言不发。他只是怒目瞪视着火炉。范妮放下了《汤姆·琼斯》。

她在飞针走线。

"忙什么呢?"雅各问。

"准备参加斯雷德的舞会。"

她拿来头饰;长裤和有红流苏的鞋。该穿什么呢?

"我要去巴黎了。"雅各说。

那化装舞会有什么意思?范妮想。你见到的还是老面孔;你穿的还是老一套;曼津喝得醉醺醺的;弗洛琳达坐在他的膝盖上。她肆无忌惮地调情——这会儿是跟尼克·布拉姆汉。

"去巴黎?"范妮问道。

"去希腊顺道经过。"他答道。

因为,他说,再没有什么比五月的伦敦更让人厌恶的了。

他会把她忘了。

一只麻雀从窗前飞过,衔着一根稻草——一根从农场谷仓旁边的草垛上来的稻草。那只棕色的老长毛垂耳狗在墙脚嗅来嗅去找老鼠。榆树枝头已经布满了鸟巢。栗子撩拨得嘴馋的人垂涎三尺。蝴蝶招摇着飞过林中马道,也许正如莫里斯所说,紫蛱蝶正在橡树下的一堆臭肉上开洋荤呢。

范妮认为这都是因《汤姆·琼斯》而起。他会怀里揣上一本书独自一人去看獾。他会坐八点半的火车走上一整夜。他会看到萤火虫，把它们装在盒药子里带回来。他会纵狗打猎。《汤姆·琼斯》中就是这样写的。他会揣着一本书去希腊，将她遗忘。

她拿起小镜子。她的脸就在那儿。假如有人用头巾裹住雅各呢？他的脸在那儿。她点着灯。但阳光透过窗户时，只有半间屋子被灯照亮。虽然他看上去又可怕、又威严，他说，会放弃森林，来到斯雷德，做一个土耳其骑士或罗马皇帝（而且他让她涂黑他的双唇，在镜子里咬牙，蹙额），但是——《汤姆·琼斯》还放在那里。

十一

"阿彻,"佛兰德斯太太说,语气中透出母亲对长子常有的那种柔情,"他明天就到直布罗陀了。"

佛兰德斯太太正等的那趟邮班(她信步走上道兹山,悠悠的教堂钟声在她的头顶荡漾着一曲圣歌,透过回荡的余音,时钟直截了当地敲了四下;乌云笼罩,下面的草丛显得紫微微的;那二十几座村舍,在一片阴影的掩映下瑟缩着,卑陋无比),邮班,带来了各种信息,信封上的字迹有的粗大醒目,有的歪歪扭扭,时而贴着英国邮票,时而贴着殖民地邮票,有时匆匆涂上一道黄杠子,邮班行将把无数的信息传遍世界。我们是否通过这一内容丰富的交流习惯而获得了什么,那不是我们能说清的。不过,现如今写信已经成了一种徒有其表的日常习惯,尤其是那些游历海外的年轻人,似乎很可能做这种事情。

比如说，这一幕。

这里是出国旅行的雅各·佛兰德斯，他正在巴黎逗留，稍作休整。（他母亲的堂姐伯克贝克老小姐，去年六月去世，给他留下了一百英镑。）

"克拉坦顿，你用不着把整个混账事再絮叨一遍。"马林森说道，这个小个子的秃顶画家正坐在一张大理石桌旁，桌子上溅满了咖啡点子，画满了葡萄酒圈圈。他口若悬河，无疑已有三分醉意了。

"哎，佛兰德斯，给家里的信写好了？"克拉坦顿问道。这时雅各走过来坐在了他俩旁边，手里拿着寄往英格兰的斯卡伯勒近郊佛兰德斯太太的一封信。

"你欣赏贝拉斯克斯[①]吗？"克拉坦顿问道。

"老天作证，他准喜欢。"马林森说。

"可他总是这个样子。"克拉坦顿愤愤地说。

雅各却不动声色望着马林森。

---

① 贝拉斯克斯（Diego Rodriguez de Silvay Velázquez 1599—1660），西班牙画家。

"我要给你们说说载入文学史册的三大妙语,"克拉坦顿突然冒出这么一句,"'像果子一样悬挂在那儿,我的灵魂'。"①他开始引章摘句了……

"别听一个连贝拉斯克斯都不喜欢的人在那儿瞎扯。"马林森说。

"阿道夫,再别给马林森先生添酒了。"克拉坦顿说。

"一视同仁,一视同仁,"雅各公正明断地说道,"人想醉时让他醉。这是莎士比亚的话,克拉坦顿。在这一点上我和你所见相同。一个莎士比亚的胆识比所有的混账法国佬加在一起都多。'像果子一样悬挂在那儿,我的灵魂'。"雅各开始用一种悦耳浮夸的声音引诗摘句,同时挥舞着手中的酒杯,"'让魔鬼把你抹黑,你这白脸无赖②!'"雅各慷慨陈词,酒溢出杯沿飞溅。

"'像果子一样悬挂在那儿,我的灵魂'。"克拉坦顿和雅各又异口同声开始朗读,接着两人放声大笑起来。

"这些该死的苍蝇,"马林森边说边拍自己的秃脑

---

① 语出莎士比亚《辛白林》第5幕第5场。
② 语出莎士比亚《麦克白斯》第5幕第3场。

门,"它们把我当成什么了?"

"什么香甜美味的东西?"克拉坦顿说。

"闭嘴,克拉坦顿,"雅各说,"这家伙没有礼貌。"他十分客气地对马林森解释说,"要想让人们戒酒。哎,我想来点烤骨肉。烤骨肉法语怎么说来着?阿道夫,烤骨肉。噢,你这个糊涂虫,没听明白?"

"佛兰德斯,我要告诉你整个文学史上第二美丽的句子。"克拉坦顿说道,他把脚踏到地上,身子探过桌子,几乎和雅各来了个脸碰脸。

"'嗨,嘀嘟嘀嘟,猫猫和迷糊',"马林森用手指敲着桌子插嘴说,"整个文学史上精美绝伦的句子……克拉坦顿是个大好人,"他怪机密地说道,"只是冒点儿傻气。"他把头猛地向前一伸。

嗯,这样的事雅各对佛兰德斯太太绝口不提;自然也不会说他们付过账、走出餐馆之后沿着拉斯佩尔大街闲逛时发生过什么事情。

这儿是另外一段话；时间：早上十一点左右；地点：一间画室；日期：星期天。

"我敢说，佛兰德斯，"克拉坦顿说道，"我与其要一幅夏尔丹的大作，还不如有一帧马林森的小品。当我说……"他挤着一支瘪瘪的颜料管的屁股……"夏尔丹是个大手笔。他却要卖画换口饭吃。等着画商们慧眼识珠吧。一个大手笔——噢，一个很大的大手笔。"

"成天在这里胡涂乱抹，倒是一种十分惬意的生活，"雅各说道，"不过，克拉坦顿，这可是一门乏味的艺术，"雅各信步走到房间的对面，"现在有了这么一个人，皮埃尔·路易。"他拿起了一本书。

"哎呀，我的老兄，你想不想安稳点儿？"克拉坦顿说。

"这是一件扎实的作品。"雅各说着就把一幅油画立在椅子上。

"噢，那是我很久很久以前画的。"克拉坦顿回头望了一眼说。

"我认为，你是个很有能耐的画家。"雅各过了一会儿说道。

十一

"你要是愿意看看我最近这段时间的追求,"克拉坦顿说着,把一幅油画摆在雅各面前,"看。这就是。这更像回事。这是……"他的大拇指绕着画成白色的灯泡转了一圈。

"的确是件相当扎实作品,"雅各说着,便叉开双腿坐在它前面,"不过,我想你最好还是解释一下……"

面色苍白,一脸雀斑,病恹恹的吉妮·卡斯拉克走了进来。

"嗨,吉妮,这是位朋友。佛兰德斯。英国人。家境富裕。社会关系优越。佛兰德斯,接着说……"

雅各什么也没说。

"是这样——这样不对。"吉妮·卡斯拉克说。

"对,"克拉坦顿斩钉截铁地说,"这绝对不行。"

他把油画从椅子上拿下来立在地上,背对着他们。

"女士们,先生们,请坐。佛兰德斯,卡斯拉克小姐也是贵国人。来自德文郡。嗯,我想你说过是德文郡。很好。她还是教会的女儿,在家里,可是个害群之马。她母亲写信就这么说她。唉，——我说——你身上带着一封没有？一般总是周日来信。你知道，有种教堂钟声的效果。"

"所有的画家你都见了？"吉妮问道，"马林森又喝醉了？如果你去他的画室，他会送你一幅的。唉，我说，泰迪①……"

"稍等一会儿，"克拉坦顿说道，"现在是一年的什么季节？"他向窗外眺望。

"佛兰德斯，星期天我们休息。"

"他要……"吉妮看着雅各说，"你……"

"对，他要和我们一起去。"克拉坦顿说道。

而后，就到了凡尔赛。

吉妮站在一块石头边上，把身子探到水池上面，克拉坦顿双臂把她紧紧抱住，要不，就会掉进去的。"瞧！瞧！"吉妮叫道，"刚刚浮出水面！"一些形状溜圆、行动迟缓的鱼儿从深处浮了上来吃她撒下的面包屑。"你

---

① 与后文的"泰德"都为爱德华的昵称。

瞧。"吉妮说着就从石头上跳下来。于是，那白花花的水，汹涌澎湃而又遭到阻遏，直射天空。喷泉挥洒铺排着自己。透过它传来了远处的军乐声。水滴打皱了整池水。一只蓝色气球轻轻地碰撞着水面，看啊，保姆，孩子，老少爷们，都涌到池边俯着身子，舞动着手中的棍子！小姑娘跑着伸长胳膊想够自己的气球，但它还是在泉水中沉没了。

爱德华·克拉坦顿，吉妮·卡斯拉克和雅各·佛兰德斯排成一排，走在黄色砾石小路上；踏上草地；穿过树林；来到了玛丽·安托瓦内特的夏宫，她经常在这儿品饮巧克力。爱德华和吉妮走了进去，雅各却坐在自己手杖的把儿上在外等候。他俩又出来了。

"好啦？"克拉坦顿说，冲着雅各直笑。

吉妮等着；爱德华等着；两个人都看着雅各。

"好啦？"雅各笑着说，双手紧抓着自己的手杖。

"跟我来。"雅各拿定了主意；起身走了。两个人笑容满面，跟在他后面。

随后三人来到了旁街一间很小的咖啡馆,人们坐在这里喝着咖啡,看着军人,若有所思地将烟灰弹进烟灰缸里。

"不过,他的确是有些与众不同,"吉妮说道,双手十指交叉托在自己酒杯的上方,"我觉得当泰德那样说的时候,你根本就没领会他的意思,"吉妮说,双眼直视着雅各,"但我知道。有时候我会把自己搞得疲于奔命。而他有时整日躺在床上——就躺在那儿……我并不想让你立马就明白什么。"吉妮挥了挥两只手。胖乎乎的彩虹色鸽子摇摇摆摆地在他们的脚旁走着。

"瞧那个女人的帽子,"克拉坦顿说道,"对此他们会怎么看?……不,佛兰德斯,我觉得自己无法像你那样生活。当一个人沿着大英博物馆对面的那条街走下去时——那条街叫什么来着?——反正我就这个意思。事情就是这样。那群胖女人——站在路中间的那个男人似乎要发火了……"

"人人都喂它们,"吉妮说着将这群鸽子赶开了,"它们都是些傻乎乎的老家伙。"

"是吗，我不清楚，"雅各抽着烟卷儿说道，"那儿是圣保罗大教堂。"

"我打算去一家办公室。"克拉坦顿说。

"得了吧，你这死鬼。"雅各劝诫道。

"你根本就不是那块料，"吉妮看着克拉坦顿说，"你疯了。我是说，你一心想着画画。"

"对，我承认。我也没办法。唉，我说，乔治国王会同意给贵族们让步吗？"

"他只有这一条路了。"雅各说。

"对啦！"吉妮说，"他是行家。"

"你看，要是我能做，我就会做，"克拉坦顿说道，"只可惜我不能。"

"我认为我能，"吉妮说，"只不过，做这种事的都是人们讨厌的那些人。我是说在国内。大家只谈这个。甚至连我母亲那样的人也对此津津乐道。"

"如果现在我搬过来住——"雅各说，"克拉坦顿，我该分摊多少？嗯？行，你看着办吧。这些呆鸟一旦有人想要它们——它们就飞走了。"

最后,在伤残军人车站的弧光灯下,吉妮和克拉坦顿走到一起,用的是一种轻微而又明确的古怪动作,这类动作可以伤人,也可以神不知鬼不觉地过去,但总会招致他们极大的不安;雅各则独自站在一边。他们得分手了。该说些什么。什么也没说。一个男人手推着小推车打雅各身边走过,近得几乎擦腿而过。等雅各再站稳时,那两人已转身离去,尽管吉妮扭头望了一眼,克拉坦顿挥了挥手,像他那伟大的天才一般消失了。

没有——这些事都没告知佛兰德斯太太,尽管雅各觉得,可以万无一失地说,世上再没有比这更重要的事了;至于克拉坦顿和吉妮,他则认为这是他所见过的最出色的人——当然无法预见,随着时间的推移,怎么会出现这样的事情:克拉坦顿开始热衷于画果园;因而不得不住在肯特郡;而且你也许会认为,他这个时候一定看透了苹果花,因为他的妻子与一个小说家私奔了,而他却是为了妻子才住在这里画果园的；但是不对；克拉坦顿仍然凶横孤独地画着果园。后来，吉妮·卡斯拉克结束了跟美国画家勒法努的风流韵事，便与印度哲人们过从甚密，现在你发现她住在意大利的膳宿公寓里，珍藏着一个小小的珠宝盒，里面装着一些从路上捡来的普通卵石。不过她说，要是你目不转睛地看着它们，多就变成了一，这就是生活的奥秘，不过，这并不妨碍她注视满桌子的通心粉，有时在春夜里，她给胆怯的英国小伙子们说些最莫名其妙的知心话。

对于母亲，雅各没有什么可隐瞒的。只不过他自己也搞不明白他那种非同寻常的兴奋，至于说要把它写下来——

"雅各真是信如其人。"贾维斯太太说着就把信纸叠上了。

"其实，他似乎过得……"佛兰德斯太太说，又停顿了一下，因为她正在裁一条连衣裙，得把纸样拉直，"……十分快活。"

贾维斯太太想起了巴黎。她背后,窗子开着,因为那是一个温馨的夜晚;一个宁静的夜晚;月色朦胧,苹果树纹丝不动。

"我从不觉得死人可怜。"贾维斯太太说着,挪了挪背后的靠垫,双手交叠在脑后,贝蒂·佛兰德斯的剪子在桌上喀嚓作响,所以没有听见。

"他们算是安息了,"贾维斯太太说,"而我们浑浑噩噩地混日子,干蠢事,还不知其所以然。"

贾维斯太太在村子里不受欢迎。

"晚上这个时候你从不出去走走?"她问佛兰德斯太太。

"确实是个温馨美妙的夜晚。"佛兰德斯太太说。

不过多年以来,她再没有在晚饭后打开过果园门,出去爬道兹山了。

"天气很干。"她们关上果园门,步入草坪时,贾维斯太太说。

"我不能走远,"贝蒂·佛兰德斯说,"是的,雅各星期三离开巴黎。"

"在那哥儿仨中，雅各总是我的朋友。"贾维斯太太说。

"哦，亲爱的，我不想再往前走了。"佛兰德斯太太说。她们已爬上黑沉沉的山冈，来到罗马营垒了。

矮墙竖立在脚旁——圈绕营垒或者墓地的平整的圆环。贝蒂·佛兰德斯在那儿丢了多少针啊！还有她的石榴石胸针。

"有时夜色比今晚明朗得多。"贾维斯太太站在山脊上说。万里无云，一层雾气氤氲在海上，荒原上。斯卡伯勒灯火闪烁，仿佛一个佩戴钻石项链的女人把头转来转去。

"好幽静啊！"贾维斯太太说。

佛兰德斯太太脚跟蹭着草皮，心里想着她的石榴石胸针。

贾维斯太太觉得今晚很难想到自己。一切是那么平静。没有风；没有疾驰、飞翔、逃逸的东西。黑影静静地伫立在银色的荒原上。荆豆丛纹丝不动地挺立着。贾维斯太太也没有想到上帝。当然，她俩身后就有座教堂。教堂钟敲了十点。是钟声传到了荆豆丛，还是山楂树听到了钟声?

佛兰德斯太太正弯下腰去捡一块卵石。有时人们确实能找到东西,贾维斯太太想,然而在这片朦胧的月光下,除了骨头和粉笔头,再要看清什么是不可能的。

"雅各用自己的钱买的,后来我带帕克先生上山来看风景,它准是掉——"佛兰德斯太太喃喃地说。

动的是骨头,还是生锈的刀剑?佛兰德斯太太两个半便士的胸针难道永远是一部分丰富的积蓄?如果鬼魂全都密密麻麻地聚集在这儿,围成圈与佛兰德斯太太摩肩接踵,她不会完全自得其所,当个精力充沛的英国太太日渐发福吧?

钟又敲了一刻。

短暂的声浪在挺直的荆豆丛和山楂枝间破碎了,如同教堂的大钟把时间分成一刻又一刻。

纹丝不动、广袤开阔的荒原收到了"十点十五分"这一宣告,若不是荆棘动了一下,就根本没有回应。

然而即使在这样的光线下,仍可辨认墓碑上的铭文,简短的声音在说,"我是伯莎·拉克","我是汤姆·盖奇"。他们说他们死于那一天,《新约》为他们说了几句话,非常自豪,非常着力,或者非常令人欣慰。

荒原也接纳了这一切。

月光犹如一张白纸落在教堂的墙壁上,照亮了壁龛中跪着的那家人和一七八〇年为本教区乡绅竖立的那块牌匾,因为他救济穷人,虔敬上帝——于是这从容稳重的声音进入了大理石名册,仿佛可以把自己强加给时间和空间似的。

这时一只狐狸偷偷地从荆豆丛后面溜了出来。

即便是晚上,教堂里似乎经常人满为患。长椅破旧油腻,法衣各归其位,赞美诗集摆在架子上。这是一艘船员齐全的轮船。肋木竭尽全力承载着死去的与活着的人们,有农夫,木匠,猎狐人以及带着泥土与白兰地气息的农场主。他们异口同声、字正腔圆地唱着,永远把时间和广袤的荒原切开。悲叹、信仰和挽歌,绝望和得意,但主要是良好的感觉和快活的冷漠,在这五百年里每时每刻都破窗而出。

正如贾维斯太太步入荒原时所言,"好幽静啊!"中午静悄悄的，除了有时候打猎的四散开来；下午静悄悄的，除了有几只漫游的羊；夜里荒原上一片寂静。

一枚石榴石胸针已经掉到草丛里了。一只狐狸偷偷地溜过。一片树叶卷边了。在朦胧的月光下，五十岁的贾维斯太太在营垒里休息。

"……而且，"佛兰德斯太太挺直了腰说，"我从不喜欢帕克先生。"

"我也不喜欢。"贾维斯太太说。两人开始往回走。

不过她们的声音在营垒上空飘荡了一忽儿。月光未损一物。荒原接纳一切。只要汤姆·盖奇的墓石还在，他就高呼不止。罗马人的尸骨完好无损地保存着。贝蒂·佛兰德斯的织针同样完好无损，她的石榴石胸针也不例外。有时在中午，阳光灿烂，荒原似乎像个保姆一样隐藏着这些小宝贝。但是在午夜，当无人言语、无人奔波、山楂树静静地立着之时，用"是什么？""为什么？"这样的问题烦扰荒原，就显得愚蠢之极——

然而，教堂的大钟敲了十二响。

十二

水从一片石梁上落下来如同铅砣——宛若一条粗重的白环组成的链子。在意大利，火车冲出来驶进一片陡直碧绿的草地，雅各看到带条纹的郁金香在生长，听见一只鸟儿在歌唱。

一辆满载意大利军官的汽车沿着平坦的马路奔驰，跟着火车，车后尘土飞扬。树上藤蔓缠绕——正如维吉尔所说。到了一个车站；在进行一场隆重的告别仪式，向足登黄色高筒靴的妇女和脚穿环纹短袜、苍白古怪的男孩们依依惜别。维吉尔的蜜蜂已经飞遍伦巴底平原。把葡萄种在榆树中间是古人的习俗。到了米兰，尖翅膀、亮棕色的鹰在屋顶上空大出风头。

在午后的烈日暴晒下，这些意大利车厢热得要命，没等车头牵到峡谷顶头，当啷作响的链条就有可能绷断。火车一直向上,向上,向上,像一列布景铁路上的火车。每座山峰都覆盖着尖尖的树木,令人惊奇的白花花的村落挤在岩梁上。峰顶总是矗立着一座白塔,红边平顶,下面垂直而下。这不是一个人们茶余饭后散步的乡村。首先没有草坪。整个山坡都将是橄榄树的天下。已经是四月了,树中间的土壤结成了干干的土粒。既没有台阶,也没有小径,既没有叶影斑驳的小路,也没有带圆肚窗的十八世纪的客栈,这种客栈可是人们吃火腿蛋的地方。啊,不,意大利到处都恶狠狠、光秃秃的,一切暴露无遗,身着黑衣的神父拖着脚走路。说来奇怪,你怎么永远也离不开别墅。

不过独自旅行,身上带着一百英镑随便花倒是件惬意的事儿。可万一他的钱花光了,因为这很有可能,他就步行。他可以靠面包和葡萄酒生活——装在稻草色的瓶子里的葡萄酒——因为游览过希腊后,他要走马观花看看罗马。无疑罗马文明是很差劲的。但博纳米依然满嘴蠢话。"你应该去雅典看看,"雅各回来时会对博纳米这么说,"站在帕台农神庙上,"他会说,或者,"古罗马圆形剧场的废墟提出了某些崇高的反思。"他会把这些在信中详尽地写出来。这可能会成为一篇有关文明的论文。古人今人之间的比较。顺便对阿斯奎斯先生作一番尖锐的抨击——用吉本的笔法。

一名胖绅士吃力地把身子拖了进来,灰头土脸,松松垮垮,身上的金链子甩来甩去,雅各向窗外眺望,遗憾自己不是拉丁人种。

经过两天两夜的旅行,你就到了意大利的中心,回想起来真有些奇怪。橄榄林中偶尔闪现出一幢幢别墅;男仆们正给仙人掌浇水。黑色的维多利亚轿车在宏伟的柱子间驶进去,柱子上涂了灰泥防护层。这种景象展现在一个外国人的眼前,既转瞬即逝,又亲切得惊人。有一个孤零零的小山顶,从未有人涉足,然而我最近坐在一辆公共汽车上逛皮卡迪利大街时,却看到了它。我喜欢的就是出去走到田野里,坐下来倾听蝈蝈的唧唧叫声,捧起一抔土——意大利的土,就像这是我鞋面上的意大利尘土一样。

整个晚上,车一到站,雅各就听见人们叫喊着稀奇古怪的名字。火车停了,他听到附近青蛙呱呱地叫个不停,他小心翼翼地卷起窗帘,看到广阔奇异的沼泽在月光下白茫茫一片。车厢里弥漫着雪茄的烟雾,在罩着绿色灯罩的灯泡周围飘浮着。那位意大利绅士躺着,鼾声如雷,脱了鞋子,敞着背心……这次希腊之行似乎让雅各疲惫不堪——独自一人住旅馆,看文物——还不如和蒂米·达兰特一起去康沃尔……"哦——"雅各抗议起来,这时黑暗开始在面前溃散,光明逐渐显露锋芒,但那个男人把手伸过他去够什么东西——那个意大利大胖子,穿着只有前胸的假衬衫,胡子拉碴,一脸皱纹,肥大臃肿,在开门,前去洗漱。

雅各坐起来,在晨曦中看见一个瘦瘦的意大利运动爱好者背着枪在路上走着,猛然间关于帕台农神庙的所有想法都涌进了他的脑海。

"啊!"他想,"我们肯定快要到了!"他把头伸出窗外,让风迎面扑来。

你认识的人里面有很多立刻就能贴切扼要地说出一些待在希腊的感受,而你自己对什么情感都避而不谈,这使人极为恼火。因为在佩特雷的一家旅馆里洗漱过后,雅各出来顺着电车线走了一英里左右；又顺着它们往回走了一英里左右；他碰上了好几群火鸡；好几队驴子；在一些僻背的街道上迷过路；看过紧身胸衣和玛吉清炖肉汤的广告；孩子们踩过他的脚指头；这地方散发着一股坏奶酪的气味；突然发现自己就站在所住旅馆的对面，真有些喜出望外。几只咖啡杯中间搁着一份旧《每日邮报》；他顺手拿起来看了。但晚饭后的时光如何打发呢？

无疑，如果没有惊人的幻想天赋，总的来说，我们的境况就要比现在糟糕得多。十二岁左右，由于已经不玩洋娃娃了，又砸烂了蒸汽机，法兰西，不过更可能是意大利，几乎肯定是印度，引发出了过多的遐想。某某的姑姑还是阿姨曾经去过罗马；每个人都有一个叔叔——可怜的人——最近听说在仰光。他永远都不会回来了。然而开希腊神话之先的是家庭女教师。你看就头而言（她们说）——鼻子，你看，直得像一只飞镖，鬈发，眉毛——无一不符合男性美；而四肢的线条，显示了发育的一种完美程度——希腊人不仅看重脸面，也重视身体。希腊人画的水果逼真得鸟儿都要啄几口。首先你得读色诺芬，然后是欧里庇得斯。有一天——那是天赐的良机——人们说得似乎很有道理;"希腊精神";希腊这个,希腊那个,希腊别的什么;顺便提一句,尽管,说任何一个希腊人均近乎莎士比亚,显得荒唐可笑。然而,问题在于我们就是在一种幻想中长大的。

雅各,无疑在以这种方式思考着什么,《每日邮报》在他手里都捏皱了;他的腿直直地向前伸着;无聊之极。

"我们就是这样长大的。"他接着往下想。

他似乎觉得一切都索然无味。该想点办法了。由于情绪比较低落,他似乎成了一个要被处决的人。克拉拉·达兰特在一次聚会上撇下他去跟一个叫皮尔查德的美国人攀谈。于是他就离开她千里迢迢来到了希腊。他们一身晚礼服,却满嘴胡言——该死的胡言——他们伸手去取《环球旅行家》,这是一份向旅馆老板免费提供的国际性杂志。

尽管希腊破破烂烂,但是它的电车运输系统高度发达,所以当雅各坐在旅馆的会客室里时,窗户下面来来往往的电车一个劲儿地当啷当啷,一声紧似一声地丁零、丁零，要把挡道的驴群赶开，一位老妇人死活不肯挪动半步。这宣告整个文明很不完善。

侍者对这种现象也是十分的漠然。亚里士多德，一个脏兮兮的男人，对现在占据着那惟一的一把扶手椅的这个惟一的客人的身体，表现出食肉动物应有的兴趣，他大摇大摆地走进来把什么东西放下，把什么东西拉直，看见雅各仍坐在那里没动。

"明儿一大早就叫醒我，"雅各回头一看，说道，"我要去奥林匹亚。"

这种黯然的情绪，这样向四面八方拍打我们的暗流屈服，是一种现代发明。也许，就像克拉坦顿说的，我们没有足够的信仰。我们的祖辈无论如何还有点东西来拆除。我们也有，雅各想，手里揉着《每日邮报》。他要进英国议会，发表一些精彩的演讲——但是一旦向黑水一让寸步，精彩的演讲和议会又有何用？事实上，对于我们心海里的潮起潮落，从来就没有任何解释——对于快乐和不快乐没有任何解释。那种体面和人们必须盛装出席的晚会，格雷律师学院后面的那些破烂不堪的贫民窟——某种固定不变、古里古怪的东西——或许就在它后面,雅各想。不过还有那开始困扰他的大英帝国;他并不完全赞成让爱尔兰自治。《每日邮报》对此有何评说?

因为他已经长大成人,并准备埋头做一些事情——就像那个女服务员,哪怕在楼上倒掉他脸盆里的水,哪怕收拾散落在梳妆台上的钥匙、饰扣、铅笔、药瓶,也干得兢兢业业。

雅各真的长大成人了,这是事实,弗洛琳达知道,她凭直觉能洞察一切。

贝蒂·佛兰德斯甚至现在还怀疑这一点,她看了他从米兰发出的信,"没有讲一点我想知道的。"她向贾维斯太太抱怨道;不过她对此还是忧思重重。

范妮·埃尔默对此感到绝望。因为他会拿起手杖和帽子走到窗前,看上去完全心不在焉,一脸严峻的神情,她想。

"我要去,"他会说,"蹭博纳米一顿。"

"无论如何,我还可以跳泰晤士河。"范妮在匆匆走过育婴堂时嚷道。

"不过《每日邮报》不可信。"雅各一边自言自语,一边东张西望,要找点别的东西看。他又叹了一口气,情绪极其阴暗,仿佛阴暗已经占据了他的身心,随时都可能使他阴云密布,这对一个享受生活的男人来说好生奇怪,无法解释,但又浪漫得可怕,博纳米在林肯律师学院他的房间里想。

"他要恋爱了,"博纳米想,"跟个鼻梁笔直的希腊姑娘。"

雅各是从佩特雷写信给博纳米的——写给不爱一个女人也从来不读一本傻书的博纳米。

好书毕竟寥若晨星,因为我们不能算汗牛充栋的史书,不能算坐着骡车去探索尼罗河源头的游记,也不能算洋洋洒洒的小说。

我喜欢把精华浓缩在一两页里的书。我喜欢哪怕千军横扫依旧巍然不动的句子。我喜欢硬语盘空——这都是博纳米的观点,并且这使他受到那些喜好清晨草木青翠的人的敌视。他们把窗子猛地推开,发现阳光下罂粟盛开,就以为看到了丰富惊人的英国文学,便情不自禁,欢欣雀跃。那根本不是博纳米的作风。他的文学趣味成了指控他的罪状,影响了他的友谊,使他变得沉默寡言、遮遮掩掩、吹毛求疵,只有和一两个跟他有同样思维方式的年轻人在一起时,他才能觉得十分自在。

然而雅各·佛兰德斯跟他的思维方式大相径庭——天差地远,博纳米叹息着,将那几页薄薄的信纸放到桌上,想着雅各的性格,陷入了沉思,这已不是第一次了。

问题,就出在他这种浪漫气质上。"但是又呆头呆脑,使自己经常陷入荒唐愚蠢的境地,"博纳米想道,"麻烦——麻烦。"——他叹息着,因为雅各是这个世界上他最喜欢的人。

雅各走到窗前,手插在口袋里站着。他看到三个穿着苏格兰褶裙的希腊人;看到船上的桅杆;看到下层社会或闲散或忙碌的人们,有的信步溜达,有的健步如飞,有的成群结伙,有的指手画脚。他们对他漠不关心并不是他心绪黯然的原因；原因出自某种深沉的信念——孤独的并不是他一个人，人人都是这样。

但是第二天，当火车在通往奥林匹亚的路上缓缓绕山而行时，一些希腊农妇从葡萄树林中出来；几个希腊老汉坐在火车站里，抿着甜酒。尽管雅各仍旧心绪低沉，但是他从来没有想到孤身一人是多么怡然自得；远离英国；独立自主；将所有的事都抛诸脑后。去奥林匹亚一路上尽是秃岭巉岩；山岭之间的三角空隙里是蓝色的大海。有点儿像康沃尔的海岸。现在可好，整天踽踽独行——走上那条道，顺着它再往上走，两边是灌木丛——或者是小树林？——上到山顶，从那儿你可以把这片古国的半壁江山尽收眼底——

"对了，"雅各说，因为车厢里空荡荡的，"还是看看地图吧。"

责备也好，赞美也罢，但不能否认野马就在我们心中。纵横驰骋；筋疲力尽地倒在沙滩上；感到天旋地转；有一种——确定无疑——想亲近岩石草木的冲动，仿佛人类不复存在了，至于男男女女，让他们统统见鬼去吧——

这种渴望经常攫住我们的心,这种事实难以忘怀。

晚风习习,掀动了奥林匹亚这家旅馆的脏窗帘。

"我对人人都有一片爱心,"温特沃思·威廉斯太太想,"——首先是对穷人——对傍晚负重归来的农民。一切都显得温柔、朦胧、非常伤感。就是伤感,就是伤感。但一切都意味无穷,"桑德拉·温特沃思·威廉斯想着,把头微微一抬,看上去格外美丽,悲怆,高贵,"人必须热爱一切。"

她手里拿着一本便于旅途阅读的小书——契诃夫的短篇小说集——在奥林匹亚的宾馆里,她蒙着面纱,一身白衣,面向窗户站着。多美的夜晚啊!她的美就是夜的美,希腊的悲剧就是所有高尚灵魂的悲剧。不可避免的妥协。她似乎把握住了什么。她要把它写下来。于是她走到桌旁,她丈夫正坐在那儿看书,她用双手支着下巴,想着那些农民,想着痛苦,想着她自己的美,想着不可避免的妥协,想着她要怎样把它写下来。埃文·威廉斯把书合上,放到一边,给刚端上来摆在他们面前的汤盆腾位置时，他没有说任何粗暴、乏味、愚蠢的话。只有他那低垂着的大警犬一样的眼睛和重垂的黄面颊表现出他郁闷的容忍，表现出他的这么一种信念：尽管被迫过着谨小慎微的生活，但他永远不可能达到他认为惟一值得追求的任何一个目标。他的考虑是完美无瑕的；他的沉默是不可打破的。

"凡事都好像意味深长。"桑德拉说。但是魔力被她自己的话音打破了。她忘记了那些农民。只剩下一种她自己的美的感觉，恰好，面前就有一面镜子。

"我真美。"她想。

她微微动了动帽子。她丈夫看到她在照镜子；他承认美是重要的；美是一种遗产；谁也不能忽略它。但美也是个障碍；事实上它倒是件挺讨人嫌的东西。于是他喝他的汤；两眼盯着窗子。

"先是鹌鹑，"温特沃思·威廉斯太太懒洋洋地说道，"然后是山羊，我想；再有就是……"

"可能是焦糖蛋糕。"她丈夫以同样的声调说道，已经拿出了牙签。

她将汤勺放在盘子上，这样她的汤才喝了一半就被撤下去了。她从来没有做过任何有失体面的事；因为她的风度是英国式的，很富有希腊情调，只有村民们向它行触帽礼，教区牧师也对它尊敬有加；礼拜天早上，她从宽阔的平台上下来，对着石坛戏弄首相去摘一朵玫瑰，无论高级园丁还是低级园丁都毕恭毕敬，把背挺直——这事儿，或许她正在设法忘掉，因为她的目光在奥林匹亚旅馆的餐厅里飘移不定，搜寻她放书的那扇窗户，因为几分钟之前她曾在那儿发现了一点情况——那是一点非常深刻的情况，有关爱情、悲伤和农民的情况。

但是现在叹息的是埃文；既非绝望，亦非反抗。然而，作为野心最大的男人和性情最懒的懒汉，他仍然一事无成；玩英国政治史于股掌之上，由于和查塔姆、皮特、伯克、查尔斯·詹姆斯·福克斯①过从甚密，所以禁不住要把自己和自己的年龄同他们加以比较。"从来没有像现在这样更加需要伟人。"他习惯自言自语，长吁短叹。这

---

① 这几位都为英国政治人物。查塔姆即老皮特（William Pitt），称号查塔姆第一伯爵。皮特指他的儿子小皮特。

阵儿他正在奥林匹亚的一家旅馆里剔着牙。他剔完了。但桑德拉的目光仍在游移不定。

"那些粉红色的甜瓜肯定有危险。"她心绪阴沉地说。就她说话的当儿门开了,走进来一个穿灰方格西服的年轻人。

"漂亮,但是危险。"桑德拉说,在第三者面前立刻跟她丈夫搭讪。("啊,一个外出旅行的英国男孩。"她心想。)

这一切埃文也心中有数。

是的,他什么都心中有数;他佩服她。谈情说爱倒挺惬意,他想,但就他而言,由于他的个头(拿破仑是五英尺四,他记得),他的块头,他的无力把自己的个性强加于人(还是现在更加需要伟人,他喟叹道),这是徒劳的。他扔掉雪茄,走向雅各,用雅各所喜欢的一种简单真诚问他是否直接从英国来。

"好一副英国作风!"第二天早上,侍者告诉他们那位青年绅士五点就爬山去了,桑德拉大声笑了,"我敢肯定他要求洗澡来着?"侍者一听,摇了摇头,说他得去问一问经理。

"你不明白,"桑德拉大声笑了,"没有什么。"

在山顶上舒展筋骨,孤身一人,雅各真是自得其乐。也许他一辈子也没有如此快乐过。

但是当晚吃晚饭时,先是威廉斯先生问他是否愿意看看报纸;接着威廉斯太太问他(他们在平台上抽着烟散步时——他怎么能拒绝那位男士的雪茄呢?)是否看到月光下的剧院;认不认识埃弗拉德·舍伯恩;看不看希腊文著作,如果(埃文悄悄站起来进屋去了)不得不牺牲一个,牺牲的是法国文学呢还是俄国文学?

"现在,"雅各在他给博纳米的信中写道,"我不得不读她那本该死的书。"——他指的是她的契诃夫,因为她把书借给他了。

似乎这片光秃秃的地方,这些乱石密布不能耕耘的土地,那一片片位于英国和美国之间翻滚的海草地,可能比城市更适合我们，尽管这种观点并不普遍。

我们身上有种轻视资格的绝对的东西。正是这一点在社会上遭到嘲笑和曲解。人们聚在一个屋里。有人说，"真高兴能见到你"，这是一句谎话。再接着："我现在喜欢春天甚于秋天。我想，当人年纪渐长时确实如此。"因为女人总是，总是，总是在谈论感觉，如果她们说"年纪渐长"，她们想让你用驴唇不对马嘴的话回答。

雅各在采石场里坐下来，希腊人就是在这里切割建筑剧院的大理石的。中午在希腊爬山实在是酷热难当。野生的红仙客来开了；他已经看见一只只小龟蹒跚着从一个石堆爬向另一个石堆；空气里有一股浓重的气味，突然又是一股甜丝的味道，阳光照在形如锯齿的大理石碎片上，十分耀眼。泰然，威严，傲岸，还有一点儿忧郁，对一种百无聊赖的生活感到无聊，他坐在那儿抽他的烟斗。

博纳米会说就是这些事弄得他心神不安——雅各郁闷时，看起来像个没事干的马盖特渔民，或者像一个英国海军司令。当他陷入这种情绪时，哪怕只是一件小事，你也不可能让他弄明白。最好让他一个人呆着。他闷闷不乐。他动辄发火。

雅各一早起来,用他的旅游指南对照着观赏那些雕像。

桑德拉·温特沃思·威廉斯,早饭前周游世界寻求冒险和一种观点,一袭白衣,身材也许不是很高,但腰杆儿挺得笔直——桑德拉·威廉斯让雅各的头和伯拉克西特列斯的赫耳墨斯①的头像并排在一起。这一比较完全对雅各有利。但没等她说一句话,他就撇下她走出了博物馆。

一位时髦的女士总是带着多套衣服旅行,如果白色适合早上,那么沙黄色带紫色圆点的衣服,一顶黑色的帽子,一本巴尔扎克的书就适合晚上。所以,雅各进来时,桑德拉就是以这副装扮站在露台上的。她看上去真美。两手交叠,沉思默想,仿佛在倾听她丈夫讲话,仿佛在眺望背着柴火的农民走下山来,仿佛在注意看山的颜色怎样由蓝变黑,仿佛在辨别真假,雅各想,突然交叉起双腿,看着自己极其寒酸的裤子。

---

① 赫耳墨斯为希腊神话中的众神的使者;伯拉克西特列斯为希腊雕刻家。

"不过他的相貌十分出众。"桑德拉认定。

埃文·威廉斯,背靠椅子躺着,膝上放着报纸,对他们心怀妒意。他能做的最出色的事就是在麦克米伦出版他的有关查塔姆外交政策的专著。但是这种膨胀恶心的感觉真该死——这种焦躁不安、恶性膨胀,火冒三丈——这是嫉妒!嫉妒!嫉妒!那种他曾起誓再也不去感受的情绪。

"跟我们一块儿去科林斯吧,佛兰德斯。"他在雅各的椅子旁边站住说,比平时的劲头更足。雅各的回答,或者不如说是那种坚定、直接,即便羞怯的语气,使他觉得宽慰,他说他非常愿意跟他们一起去科林斯。

"这个小伙子,"埃文·威廉斯想,"也许搞政治非常合适。"

"只要我活着,我打算每年能来一次希腊,"雅各给博纳米的信中写道,"这是我能看到的保护自己远离文明的惟一机会。"

"天知道他这是什么意思。"博纳米喟叹道。因为他自己从来没有说过一句愚蠢的话,雅各的这些暗语使他感到忧虑，但印象颇深，因为他自己天生就爱好明确、具体、理性的东西。

从科林斯最高处下来，桑德拉不敢离开小路半步，雅各则在她身边坑坑洼洼的地上大步走着，桑德拉的话真是再简单不过了。她四岁时丧母；园林很大。

"你似乎永远也从中走不出来。"她放声笑了。当然还有图书馆，敬爱的琼斯先生，和对一些事的想法。"我那时候常常溜进厨房，坐在管家的膝上。"她大声笑了，不过是种苦笑。

雅各想，如果当时他在那儿，他会救她的；因为她当时处境极其危险，他觉得，他又自忖："人们并不想理解女人说的话。"

她低估了山的险陡；他看到了她短裙底下的短裤。

"像范妮·埃尔默那样的女人就不会这样，"他想，"那个叫卡斯拉克什么的就没有这样……但是她们装作……"

威廉斯太太说话直截了当。雅各惊奇自己知道那么多行为的条条框框；一个人能说的比心想的能多多少；对一个女人，一个人能开放到多大程度；他以前对自己了解得何其少。

在大路上，埃文和他们同行；他们乘车上山下山（尽管希腊热气腾腾，但又是惊人的轮廓分明，这是一片树木稀少的国土，你可以看见草叶之间的土地，每一座山形似刀削，轮廓分明，大多与亮闪闪的又深又蓝的海水互相映衬，一座座的岛屿白花花的，像浮在天边的沙堆，山谷里偶尔会冒出一片棕榈林，黑山羊散散落落，小橄榄树星星点点，有时还有白白的洼地，两侧阳光灿烂，有纵横交错的阴影），他们驱车上山下山，埃文绷着脸坐在车厢的一角，紧紧攥着拳头，指关节间的皮绷得紧紧的，汗毛竖得直直的。桑德拉坐在对面，盛气凌人，像一个准备直冲霄汉的胜利女神。

"没有心肝！"埃文想（但这不是真的）。

"没有头脑！"他疑心（这也不是真的）。"但是……"他妒忌她。

就寝时，雅各发现他不知道该给博纳米写些什么。他只是远远地看到了萨拉米海湾和马拉松平原。可怜的老博纳米！不；其中有些蹊跷。他不能写信告诉博纳米。

"我还是要去雅典。"他决心已定，神态坚决，这个钩已插进了他的肋间。

威廉斯夫妇已经去雅典了。

雅典仍然能对一个年轻人造成一种包罗万象、纷然杂陈、古怪别扭的印象。它时而乡里乡气；时而经久不衰。时而有廉价的大陆珠宝陈列在长毛绒盘上。时而有庄重的女人裸体站着，膝盖以上只有一片遮羞布。一个烈日炎炎的下午，他在巴黎式的林荫大道上漫步，一任思绪飞扬，他匆匆让开了从此经过的皇家马车，车的梯子破烂不堪，沿着坑坑洼洼的车道一路咔哒咔哒响着向前驶去，戴着廉价常礼帽、穿着便宜大陆服的男女公民一律都向它致敬；尽管一个穿着苏格兰裙、戴着便帽、打着绑腿的牧羊人差点儿把他的羊群赶到皇家车轮的中间；雅典卫城高耸入云，俯瞰全城，像一块凝固的巨浪，帕台农神庙的黄柱牢牢地栽在卫城上。

一天任何时候，都能看到帕台农神庙的黄柱牢牢地栽在卫城上；尽管日落时分，当比雷埃夫斯港的船只鸣炮时，一口钟响起，一个身着制服的男人（马甲敞着）出现了；女人们卷起她们正在柱子的阴影里编织的黑色长袜，召唤着她们的孩子，成群结队下山回家了。

清晨你一打开百叶窗，探出身子，听见窗子下面的街道上车轮咔哒，人声喧嚣、鞭子噼啪噼啪响，柱子、山花、胜利女神庙、厄瑞克修姆庙又屹立在一块被影子划开的黄褐色的岩石之上。

它们极其明确地矗立在那儿，一会儿白晃晃的，一会儿黄灿灿的，在某些光线下，又是红彤彤的，这种极度的明确性强行表现出一些经久不衰的观念，表现出在别处消耗在一些优雅的琐细上的某种精神力量破土而出的观念。但是这种经久不衰的存在是不以我们的赞叹为转移的。尽管这种美具有人情味，能把我们软化，能搅动起深层的淤泥——回忆、放弃、懊悔、感情的奉献——帕台农却与这一切毫不搭界；如果你考虑它怎么整夜那么显眼，经历了多少世纪，那你就开始把光焰（中午时分强光炫目，檐口饰带几乎看不到）与也许只有美是永生的这种观念联系起来了。

除此之外，与起泡的灰泥、与和着乱弹的吉他和留声机粗声厉嗓地唱出的流行情歌、与街道上来去匆匆但面无表情的行人的面孔相比，帕台农肃穆沉静，着实令人吃惊；它活力四射，经久不衰，可能比整个世界寿命还长。

"希腊人很聪明，从不费神去打光雕像的背部。"雅各一边说，一边手搭凉篷，注意到那尊雕像离开视线的一面刀工非常粗糙。

他注意到那些台阶的棱角有点不匀整，对这种情况，"希腊人的艺术感觉喜欢的程度胜过喜欢数学的精确。"他念着旅游指南。

他正好站在雅典娜的伟大雕像曾经竖立过的地方，认出了下面那些名气更大的景点。

简而言之，他一丝不苟，又勤奋努力；但愁眉不展。他又屡屡为向导纠缠，这是星期一的事。

星期三，他却给博纳米拟好了一份电报，让他立刻前来。而后他又把它揉成团,扔进排水沟里。

"首先,他是不会来的,"他想,"其次我敢说这种事会逐渐消失。""这种事"就是那种不安痛苦的情感,有点儿自私的味道——人们简直希望这种事会终止——而今这种可能性却越来越小——"如果再这样下去,我就拿它没有办法——但同时要是有别人也在经历——博纳米被塞在林肯律师学院自己的房间里——嗨,去他妈的,嗨。"——夕阳西下之际,站在帕台农神庙上,映入眼帘的,是洒满粉红羽毛似的天空,五彩缤纷的平原,黄褐色的大理石,一侧耸立着海米特山,庞特力寇斯山和莱克贝特山,一侧展现着大海,面对这种景象,心情十分压抑。幸好,雅各很少有人物联想意识;他很少想到柏拉图或苏格拉底本人;另一方面,他对建筑却情有独钟;他喜欢雕像胜过喜欢绘画;他开始对文明问题想得很多,当然,古希腊人解决得十分出色,尽管他们的解决方法对我们毫无帮助。星期三夜里躺在床上时,那只钩子在他的肋上猛地一拉;他拼命一翻身,想起了他爱着的桑德拉·温特沃思·威廉斯。

第二天，他爬上了庞特力寇斯山。

第三天，他登上了雅典卫城。时间还早；这地方几乎空无一人；空中可能在打雷。但阳光普照着卫城。

雅各打算坐下看书，由于发现有一块鼓一样的大理石摆得十分近，从那里可以看到马拉松平原，然而马拉松还处在阴影里，但厄瑞克修姆庙在他面前却闪着白光，他便坐在那里。看完一页之后，他把大拇指夹在书中。为什么不用应当用的方式来治理国家？他又看起了书。

毫无疑问，他那俯瞰马拉松平原的位置提起了他的精神。或者，也许是缓慢开阔的大脑也有这些开花的瞬间。再或者是在他身居海外时，不知不觉地思考起了政治。

于是他抬眼一望，看到那鲜明的轮廓，他的沉思大受鼓舞；希腊已成为过去；帕台农神庙已成为废墟；然而他还在那里。

（撑着绿白伞的女士们穿过了庭院——前往君士坦丁堡会见丈夫的法国的女士。）

雅各又继续读书。他把书搁在地上，似乎读过的内容给了他灵感，他开始写一点关于历史的重要性——关于民主——的笔记，这些信笔乱写的东西也许就是终生难遇的皇皇巨著的基础；再者，二十年后，它从一本书里删除，人们将会连一个字也记不住的。这真有点令人痛心。最好还是付之一炬。

雅各写着；开始画一个直直的鼻子；这时候，正好就在他下面的那些法国女士把伞撑开又合上，望着天空高呼，人们不知道期望什么——下雨还是晴天？

雅各站起身，信步走向厄瑞克修姆庙。还有几位女士依旧站在那里把伞顶在头上。雅各微微地挺了挺身；因为稳定与平衡首先影响身体。这些雕像大煞风景！他瞪视着她们，然后转过身，发现卢西恩·格雷夫夫人高高地站在一块大理石上，手里的相机正对准他的脑袋。当然她跳了下来，不顾她年纪大，身材胖，靴子紧——既然女儿已经结婚，由于穷奢极欲，所以日渐堆积了这一身肥肉，变得奇形怪状；她跳了下来，但不是在雅各看到她之前跳下来的。

"这些女人真该死——这些女人真该死！"他想。于是他去拿搁在帕台农神庙地上的书。

"她们多煞风景。"他咕哝着,靠在一根柱子上,把书紧紧地夹在腋下。(至于天气,不容置疑,狂风暴雨就要来临,雅典上空阴云密布。)

"就是这些该死的女人。"雅各说道,不带半点怨恨之意,却露出悲伤失望之情:该有的竟然永远不会有。

(这种剧烈的幻灭一般出现在风华正茂、身强体壮的年轻人心中,他们不久就会成家立业,大有作为的。)

后来,确信那些法国女人走了,慎重地环顾过四周之后,才款款向厄瑞克修姆庙走去,偷偷地望着左边头顶屋顶的那尊女神。她使他想起了桑德拉·温特沃思·威廉斯。他看看她,然后又看看别处。他看看她,然后又看看别处。他感慨万端,脑海里装着那个破损了的希腊鼻子,脑海里装着桑德拉,脑海里装着各种各样的东西,他独自一人冒着暑热开始直奔海米特山山顶。

就在那天下午,博纳米到斯隆大街后面的广场上与克拉拉·达兰特喝茶,专门谈论雅各,在炎热的春日里,临街的橱窗上面扯起了条纹遮篷,单个的马儿在门外用蹄子刨着碎石路面，身着黄马甲的年长的绅士们拉拉门铃，等女仆娴静地回答说达兰特太太在家以后，便彬彬有礼地走了进去。

博纳米和克拉拉坐在阳光明媚的前厅，外面，手摇风琴奏着甜美的乐曲。水车喷洒着人行道，缓缓地驶过；马车丁当，银器，印花布套，蓝褐相间的地毯，插满绿枝的花瓶，都染上了颤动的黄条儿。

谈话枯燥乏味，这一点无需说明——博纳米一个劲地轻声细语予以回答，同时也越来越惊诧挤在一只白缎子鞋里的柔弱的存在（与此同时，达兰特太太与某爵士在后屋尖声议论政治），直至克拉拉心灵的纯洁坦诚地显露给他；深浅尚不得而知；如果不是他开始确信克拉拉爱上雅各，那他可能就道出了雅各的名字——可又爱莫能助。

"爱莫能助！"门关上时，他惊呼道，因为像他这种性情的人穿过公园时，总有一种十分奇怪的感觉：马车的行驶势不可挡；花坛呈几何形状，不容分说；世界上的力量以不可思议的方式围绕各种几何图形飞转。"克拉拉就是那沉默的女人?"他想,又停下来,看孩子们在蛇形池中洗浴,"——雅各会不会跟她结婚?"

但在阳光明媚的雅典,在几乎不可能喝上午茶、年长的绅士用全然相反的态度谈论政治的雅典,在雅典,桑德拉·温特沃思·威廉斯坐着,头蒙面纱,一袭白衣,双腿前伸,一只肘支在竹椅扶手上,香烟上冒出袅袅青烟。

宪法广场上枝繁叶茂的橘子树,乐队,拖沓的脚步,天空,房屋,柠檬和色彩缤纷的玫瑰——凡此种种,在温特沃思·威廉斯太太喝下第二杯咖啡之后,变得如此意味深长,于是她开始给那位显贵而又冲动的英国女人的故事增添一些戏剧色彩,在迈锡尼此人把自己马车里的一个座位让给了那位美国老太太(达根太太)——并不完全是一个瞎编的故事;尽管她没有提到埃文,他站着,先把重心放在一只脚上,随后又换到另一只脚上,等着这两个女人停止聊天。

"我正在把达米安神父的生平写成诗。"达根太太说,因为她失去了一切——世界上的一切,丈夫,孩子及一切，但信仰仍在。

桑德拉的思绪由特别飘向一般，背靠椅子躺着出神。

催促我们悲哀向前的飞逝的时光；像绿叶间迸发出的这些黄球一样，突然烈焰四射的永无休止的单调乏味（她看着橘子树）；红唇上将会消逝的香吻；在热与声的迷宫中不断转动的世界——尽管肯定有一个宁静的夜晚透着它可爱的苍白，"因为我对它的每个方面都很敏感；"桑德拉想道，"达根太太永远会给我写信，我也会回信。"此刻，皇家乐队正步走过，国旗飘飘，群情激昂，生活变成了勇士们策马扬鞭、乘风破浪的场面——头发向后飞扬（她想象着此情此景，微风在橘林里飒飒），她从银色的水花里闪现出来——这时她看见了雅各。他站在广场上，腋下夹着一本书，茫然四顾。他身材魁梧，今后或许会发胖。

但她疑心他只不过是个土老帽。

"那小伙子在那儿呢，"她愤愤地说，把香烟扔掉，"那个佛兰德斯先生。"

"哪儿？"埃文说，"我没有看见他。"

"哟，走开了——现在在树后面。不，你看不见。但我们肯定会碰上他的。"当然他们碰上了。

但他到底有多土呢？二十六岁的雅各·佛兰德斯又有多傻呢？何必要估量人呢。人必须注意暗示，不完全看人的言行。说真的，有些人立刻对性格产生不可磨灭的印象。有些人则吊儿郎当，随波逐流。和蔼可亲的老太太们向我们保证说猫往往最善于判别人的性格，猫总喜欢接近好人，她们说。但雅各的房东，怀特霍恩太太却厌恶猫。

也有种备受敬重的观点，那就是如今，性格贩卖搞过了头。就算范妮·埃尔默多愁善感，达兰特太太铁石心肠，这到底有什么关系呢？就算克拉拉由于受她母亲的影响很大（性格贩子如是说），所以从来没有机会独立行事，只有对善于察言观色的眼睛流露出令人惊恐的感情的海洋；而且有一天肯定会投入在某个配不上她的人的怀抱，除非性格贩子说，她具有她母亲精神的火花——有点儿英雄气概。但是这算什么话呀，竟然用到克拉拉·达兰特身上！别的人却认为她十分单纯。正因为如此，他们说，她才把狄克·博纳米——那个长着威灵顿鼻子的年轻人——吸引住了。现在可以说他是匹黑马。到此,这些闲言碎语便会戛然而止。显然他们在有意暗示他的奇特性情——在他们中间已经传了很久了。

"不过有时候,那种性情的男子需要的正好就是像克拉拉这样的女人……"朱丽娅·艾略特小姐会暗示说。

"嗯,"鲍利先生会回答,"也许吧。"

因为无论这些闲话持续多久,不管这些闲话怎么填充受害者的性格,直到他们的性格变得像在烈火上烧烤的鹅肝那样肿胀脆嫩,它们永远达不成定论。

"那个年轻人,雅各·佛兰德斯,"她们会说,"相貌不凡——却又笨到家了。"然后她们就会一门心思地议论雅各,永远在这两个极端之间摇摆不定。他骑马纵狗打猎——勉为其难了——因为他身无分文。

"你们听说过他的父亲是谁吗?"朱丽娅·艾略特问道。

"听人说,他母亲似乎与罗克斯比尔家有点瓜葛。"鲍利先生答道。

"他怎么也不会累垮自己的。"

"他的朋友很喜欢他。"

"你是指狄克·博纳米?"

"不,不是的。那显然是雅各的另一方面。他正是那种轻率地一头扎进爱河,然后终生后悔不迭的年轻人。"

"哦,鲍利先生,"达兰特太太说道,显得盛气凌人,向他们来了个突然袭击,"你记得亚当斯太太吗?嗯,那就是她的侄女。"鲍利先生站起身,彬彬有礼地鞠了个躬,把草莓拿了过来。

这样我们只好再回过头看看另一面的意思——俱乐部和内阁里的男子——因为他们说性格描画是件轻浮的炉边艺术,是雕虫小技,虚有其表,看似龙飞凤舞,实则胡涂乱抹。

战舰的光芒射向北海上空,它们严格保持编队的位置。一给信号,万炮一齐对准靶子(主炮手拿着表读秒——读到第六秒时,他把头一抬)靶子腾起烈焰,化为碎片。十二个风华正茂的年轻人个个神色镇定,泰然自若,沉入大海深处;并在那里淡然自逸(尽管娴熟地驾驭着机械)、毫无怨言地一起窒息。如同一块块锡制的士兵，这支军队走过谷田，爬上小山，停下来，轻轻地左右摇摆，然后爬下，只是通过望远镜可以看见有一两片仍然上下浮动，像折断了的碎火柴梗一般。

这些行为，连同银行、实验室、官署和商号不间断的交往，就是把世界划向前去的划桨动作，他们说。这些行为人们处理得游刃有余，就像拉德门广场那位面无表情的警察值勤一样。但你会注意到他的脸远远不是吃得滚瓜溜圆，而是因为意志的力量而显得生硬，由于努力保持这种力量而十分消瘦。当他抬起右臂时，血管里所有的力量从肩膀径直流向指尖；没有一点转向突然的冲动、伤感的懊悔或琐细的区别之中。公共汽车准时停了下来。

我们正是这么生活的，他们说，为一种抓不住的力量驱使着。他们说，小说家从来就未捕捉到它；它猛然冲过他们的网，把网扯碎。他们说，这就是我们赖以生活的东西——这种抓不住的力量。

那几个战士在哪里？"吉本斯老将军说着便环顾了一下客厅，每到星期日下午这里照例坐满了衣着考究的人，

"那几门炮在哪儿?"

达兰特太太也扫了一眼。

克拉拉以为她的母亲要见她,便走了进来;然后又出去了。

他们在达兰特家议论德国,雅各(在这种抓不住的力量驱使下)快步走过赫耳墨斯街,径直奔向威廉斯夫妇。

"哟!"桑德拉喊道,带着一种她突然感觉到的亲切。埃文补充说:"幸会!"

他们在正对着宪法广场的那家饭店请他吃饭,饭菜极佳。餐具篮里盛的是新鲜卷饼。有真正的黄油。肉几乎不需要浇着酱汁的红红绿绿的无数小菜来点缀。

不过,说来奇怪。红地板上印着希腊国王姓名起首字母组成的黄色花押字,上面摆放着小小的餐桌。桑德拉吃饭时照例戴着帽子、蒙着面纱。埃文回过头东张西望;冷静而又柔顺;有时发出一声叹息。奇怪。因为他们都是在五月的一个夜晚聚到雅典的英国人。雅各吃喝随意,应答聪明自如,声音清脆悦耳。

威廉斯夫妇第二天一早要去君士坦丁堡,他们说。

"不等你起床。"桑德拉说。

他们会把雅各一人撇下。埃文稍一转身要了点什么——一瓶酒——替雅各斟上,带着一种担忧,一种父亲般的担忧,如果有这种可能的话。一个人被撇在那里——这对一个年轻人倒是件好事。国家从来没有像现在这么需要男人。他叹息着。

"那你去过雅典卫城了?"桑德拉问道。

"去过了。"雅各说。于是他们一起走到窗前,而埃文在叮嘱领班服务员早点叫醒他们。

"令人吃惊。"雅各说,声音粗哑。

桑德拉微眯双眼。可能她的鼻孔也张开了一点儿。

"六点半。"埃文说着向他们走来,面对着背对窗户站着的妻子和雅各,他看上去仿佛在正视着什么。

桑德拉冲着他微微一笑。

接着,当他走到窗前,无话可说时,她又断断续续补充说了几句:

"嗯,多可爱啊——难道不是吗?雅典卫城,埃文——你是不是也太累了？"

埃文听了，眼睛盯着他们，或者是由于雅各当着他的面盯着他的妻子，态度恶劣，神情阴郁，还流露出一种痛苦——虽然她不会可怜他。无情的爱心哪怕他做什么，也不会停止它的折磨。

他们走了，他坐在吸烟室里，窗外就是宪法广场。

"埃文独处时更快乐一些，"桑德拉说，"我们与报纸隔绝了。嗯，人们最好能心想事成……从我们相遇以来，你已经看到了种种神奇的东西……印象如何……我认为你变了。"

"你想去雅典卫城，"雅各说，"那就从这儿上去。"

"人们一辈子都会把它铭记在心的。"桑德拉说。

"是的，"雅各说，"我希望你能白天来。"

"这样更加奇妙。"桑德拉挥了一下手说。

雅各茫然地望着。

"但是你应该在白天看帕台农神庙，"他说，"明天你来不了——是不是太早了？"

"你一个人在那儿坐了几个小时?"

"今儿早上有一些讨厌的女人。"雅各说。

"讨厌的女人?"桑德拉重复说。

"法国女人。"

"但还是发生了一些非常美妙的事儿。"桑德拉说。十分钟,十五分钟,半小时——那是她的全部时间。

"是的。"他说。

"如果一个人是你这个年龄——如果一个人年轻。你会做什么呢?你会坠入爱河——啊,是的!但是别太仓促了。我老多了。"

她被招摇而过的行人挤出了人行道。

"我们还往前走吗?"雅各问。

"往前走吧。"她坚持说。

因为她无法停下来,除非她告诉他——或者听见他说——要么那就是她要求他做出的某种举动?在远远的天边,她发现了它,所以无法休息。

"你永远也不会让英国人这样坐在外面。"他说。

"永远——不会。就是回到英国,你也不会忘记这事——要么和我们一起去君士坦丁堡！"她突然叫起来。

"但是那样就……"

桑德拉叹息了一声。

"当然你必须去得尔斐，"她说，"但是，"她自己问自己，"我想从他那儿要什么呢？或许正好是我已经失掉的东西……"

"你大概在晚上六点到那儿，"她说，"你会看见那些鹰。"

借着街角的灯光，雅各看上去神情呆滞，甚至有点绝望；然而倒也镇静。也许他在忍受煎熬。他很轻信。但是他有点儿尖酸刻薄。他心里已播下极度幻灭的种子，它往往来自中年女人。也许如果一个人努力奋斗登上了山顶，幻灭就不必光顾他了——这种来自中年女人的幻灭。

"这家旅馆真够呛，"她说，"上一批客人把脏水留在盆里就走了。总有这样的事。"她大声笑了。

"你遇到的那些人都像畜生。"雅各说。

他的激动是一目了然的。

"写信告诉我，"她说，"告诉我你的感受，你的想法。把一切都告诉我。"

夜黑沉沉的。雅典卫城成了一个嶙峋的土丘。

"我十分乐意。"他说。

"我们回到伦敦时,我们会见面的……"

"对。"

"我想他们没锁门吧?"他问。

"我们可以翻过去!"她发狂似的说。

乌云遮暗了月亮,由东向西飘去,雅典卫城一片昏暗。云层凝固;雾气浓重;拖曳的面纱停住了,堆积在一起。

雅典上空黑沉沉的,除了有街道的地方出现薄纱似的红条儿;电灯把宫殿正面照得一片惨白。码头突出在海面上,一个个分开的亮点就是它们的标志;海浪是看不见的,海岬和岛屿成了黑糊糊的驼峰,有几点灯光明灭。

"我想带上我弟弟,如果可以的话。"雅各喃喃地说。

"而后你母亲来伦敦时——"桑德拉说。

希腊大陆一片黑暗;在埃维亚附近什么地方,一块云团准是碰上了层层海浪,把它们溅开了——海豚兜着圈子越来越深入大海。狂风猛烈地吹过希腊和特洛伊平原之间的马尔马拉海。

在希腊，在阿尔巴尼亚和土耳其的高地上，风冲刷着沙地，灰尘，挟带着干燥的尘粒张扬自己，随后它又向清真寺光滑的穹顶冲击，裹着头巾的穆斯林墓碑旁挺立的柏树迎风披靡，嘎吱作响。

桑德拉的面纱随风飞舞。

"我把我的一本给你，"雅各说，"就这本，你想不想拿？"

（这是一本多恩[①]的诗集。）

时而，激扬的风揭露出一颗疾驰的星。时而又是茫茫黑暗；时而灯一盏接一盏地熄灭。时而大城市——巴黎——君士坦丁堡——伦敦——黑漆漆的，像散落的岩石。航道依稀可辨。在英国，树木枝繁叶茂。在这里，或许在南方的某个树林里，一位老人点燃干燥的蕨草，惊飞了鸟儿。绵羊在咳嗽；花儿轻轻地相互偎依着。英国的天

---

① 多恩（John Donne, 1572—1631），英国诗人，玄学派诗歌代表人物。

空比东方的更加柔和，更加显得白蒙蒙的。某种轻柔的东西从青草覆盖的山冈飘进天空，某种潮湿的东西。咸丝丝的强风吹打着贝蒂·佛兰德斯卧室的窗户，这位寡妇，用胳膊肘儿轻轻支起身子，叹息一声，好像一个意识到永恒的压迫的人，但乐意再躲开一会儿——啊，一会儿！

但还是回到雅各和桑德拉这里来。

他们已经不见了。雅典卫城却岿然未动；但是他们上去了吗？柱子和庙宇仍在；生活的激情常新，年复一年冲激着它们；而这种激情还剩下什么？

说到上雅典卫城，谁会说我们曾经上去过，或者说雅各第二天一早醒来时，他发现了坚固耐久得永世长存的东西？他还是和他们去了君士坦丁堡。

桑德拉·温特沃思·威廉斯醒来时肯定会发现梳妆台上有一本多恩诗集。这本书将会立在英国乡间别墅的书架上，有一天赛莉·达根的诗《达米安神父传》也会与它放在一起。小书已经有十多本了。黄昏漫步进屋后，桑德拉会把书打开，眼睛会亮起来（但不是看书上的字），再慢慢坐进扶手椅里，会再一次吸回那一时刻的灵魂；或者，由于有时她烦躁不安，就会把书一本接一本地抽出来，荡过她生命的整个空间，就像一个杂技演员从一个横杆荡向另一个横杆。她有过辉煌的日子。与此同时，楼梯平台上的大钟嘀嘀嗒嗒，桑德拉会听到时间在堆积，便扪心自问，"为什么？为什么？"

"为什么？为什么？"桑德拉说着会把书放回去，信步走到镜子前，压压头发。吃饭时，爱德华小姐正张开嘴巴要吃烤羊肉，却会大吃一惊，因为桑德拉突然关切地问道："你快乐吗？爱德华小姐？"——这是锡西·爱德华多少年都没想过的一件事儿。

"为什么？为什么？"雅各从来不向自己问这种问题，从他系鞋带的方式判断；从他刮脸的方式判断，从那天夜里风烦乱地掀动窗扇，五六只蚊子在耳边哼哼，而他却睡得那么沉。判断他年轻——一个男子汉。然而桑德拉认为他轻信，这个判断是对的。人一到四十，情况或许有所不同。他把多恩诗集中他喜欢的语句都划了出来，这些东西野性十足。然而，你可以在它们旁边放几节莎士比亚最纯净的诗章。

然而风正卷着黑暗滚过雅典的街道，卷着黑暗，人们不妨认为，用的是一种势如破竹的精神力量，它不允许对任何一个人的情感做过细的分析，也不允许考察特点。所有的脸——希腊人的，黎凡特人的，土耳其人的，英国人的——在黑暗中看起来大同小异。最后，柱子和庙宇泛白、发黄，变成玫瑰红；金字塔和圣彼得大教堂冒出来了，临了，慵懒的圣保罗大教堂隐现出来。

基督徒有权用他们对白天的寓意的解释来激发大部分城市。随后，不同派别持异议的人七嘴八舌发表了一个专唱反调的修正意见。轮船如同一个巨大的音叉在轰鸣，陈述着非常古老的事实——有一个大海怎样冷冷地、绿绿地在外面汹涌。可是现在却是从烟囱的顶部冒出的一股白线发出的细微的上岗的声音，召集着最大的人群，夜只不过是槌击之间的一声拉长了的叹息，一声深呼吸——即便在伦敦的中心，你也可以从敞开的窗户里听到它。

但是，除了神经衰弱和彻夜无眠的人，或者站在芸芸众生之上的某个峭壁上、以手遮眼的思想家，谁看见事物只是一副没有肉的骨架？在瑟比顿骨架是由肉裹着的。

"这壶在阳光明媚的早晨从来没有开得这么好。"格兰迪奇太太说着扫了一眼壁炉台上的钟。然后那只灰波斯猫在窗台上伸了伸懒腰,用柔软的圆爪子扑打一只飞蛾。早饭还没吃一半(今天他们迟了),一个宝宝就放到了她的腿上,她还得看着糖碟,而汤姆·格兰迪奇则在看《泰晤士报》上评高尔夫球的文章,呷着咖啡,抹着胡子,然后就去上班了,在办公室他是外汇业务的最大权威,因青云直上而引人瞩目。

骨架好好地裹在肉里。即便这种黑夜,当风卷着黑暗滚过伦巴第街、脚镣巷和贝德福广场时,它还是骚动起来(因为时值夏季,而且是酷暑时节),悬铃木上闪着电灯光,窗帘仍挡住曙光不让进来。人们还在喃喃地把楼梯上说过的最后的话再说一遍,或者在梦中挣扎,与闹钟的声音一比高低。所以当风在一片森林里漫游时,不可胜数的树枝便瑟瑟颤动;吹掉了蜂房;昆虫在草叶上摇来摆去;蜘蛛迅速爬上树皮的皱褶;整个大气像呼吸那样震颤,像细丝一样富有弹性。

只有这儿——在伦巴第街、脚镣巷和贝德福广场——每只昆虫头上顶着一个球形世界，森林网是为顺利处理事务而制订的计划；蜂蜜是一种宝；空气的骚动是不可名状的生命的躁动。

但是色彩又回来了；爬上了草梗；吹进了郁金香和番红花；密密实实地在树干上划上条纹；充满了薄纱似的空气、草地和水池。

英格兰银行出现了；伦敦大火纪念塔竖起满头金发，拉车的马跨过伦敦桥，有灰的，有枣红的，有铁灰的。像翅膀那样呼的一声，市郊车冲进了终点站，灯光高照着一幢幢密不透亮的高楼的脸，滑过一条缝隙，描画出发亮的、鼓鼓的红窗帘；绿酒杯；咖啡杯；和东倒西歪的椅子。

阳光照射着剃须镜和闪亮的黄铜罐；照射着白日花里胡哨的饰品；灿烂的、好奇的、有铠甲防护的、辉煌的夏日，它早已消除了混乱；晒干了阴郁的中世纪的迷雾；它排干了沼泽里的水，在上面竖立起玻璃和石头；使我们的头脑和身体装备上了这样一种武器库：仅仅观看忙于日常生活事务的肢体的闪动也胜过看平原上摆开的古老排场的军阵。

十三

"盛暑季节。"博纳米说。

海德公园里,烈日把绿椅背上的油漆晒起了泡;剥掉了悬铃木身上的皮;把泥土化为粉末和光光的黄石子儿。飞转的车轮绕着海德公园碾过,从不间断。

"盛暑季节。"博纳米话中带刺。

他的讽刺缘起于克拉拉·达兰特;还因为雅各从希腊回来又黑又瘦,兜里塞满了希腊札记,管理椅子的人来收费时,他掏出来的就是这些;还因为雅各默不作声。

"他连一句表示高兴见到我的话都没说。"博纳米想,心含苦涩。

汽车川流不息,驶过蛇形池桥;上等人或昂首阔步,或俯栏观望,仍不失优雅;下等人则跷起两膝,平躺在地上;羊儿撑开木头似的尖腿站着吃草;小孩跑下草坡,张开双臂,扑倒在地上。

"很文雅。"雅各发话了。

"文雅"这个词从雅各嘴里说出来,便不可思议地具有了一种万般秀美的品质,博纳米天天认为这种品质比以往更崇高,更令人震惊,更了不起,尽管他依然粗野、无名,也许永远都是这样。

多高的调子!多美的言词!怎样才能让博纳米摆脱这种最粗俗的多愁善感;怎样才能使他不致像块软木一样在浪头上抛上抛下;怎样才能避免对品质没有稳定的洞见;怎样才能得到理性的支持,怎样才能从经典作品里找到慰藉?

"文明的巅峰。"雅各说。

他喜欢用拉丁字眼。

崇高,美德[①]——当雅各在与博纳米的交谈中使用这类字眼时,便意味着他控制了局面;便意味着博纳米像只叭儿狗绕着他撒欢儿;还意味着(很可能)他们最终会在地上打滚儿。

[①] "崇高"和"美德"的原文分别为 magnanimity 和 virtue,都源自拉丁文。

"希腊咋样?"博纳米说,"帕台农神庙之类的地方又如何?"

"没有半点这类欧洲的神秘主义。"雅各说。

"我想那是一种氛围,"博纳米说,"你去君士坦丁堡了?"

"去了。"

博纳米停了下来,动了一下石子儿;然后他以蜥蜴吐舌般的迅速和确定将石子扔了进去。

"你恋爱了!"他惊叫道。

雅各脸红了。

最快的刀也不会如此切中要害。

作为回答,或者表示对此不屑一顾,雅各直视前方,目光凝重,宛如磐石——啊,美不可言!——就像一位英国海军上将,博纳米勃然大怒,惊叫一声,站起身来,扬长而去;等着看有什么动静;没有;傲骨嶙峋,不容回头;越走越快,冷不防发现自己眼睛盯着汽车,嘴里骂着女人。那俏女人的脸现在何处?克拉拉的——范妮的——弗洛琳达的?那个小妞是谁?

不是克拉拉·达兰特。

粗毛苏格兰猂一定得调教,由于就在那一刻,鲍利先生要走了——他最喜欢走一走——于是克拉拉和好心的小个子鲍利一起走了——那个在奥尔巴尼庭院有房间的鲍利,那个以一种诙谐的笔调给《泰晤士报》写信议论外国饭店和北极光的鲍利——那个喜欢年轻人、右臂贴在背上的瘊子上走过皮卡迪利大街的鲍利。

"小鬼!"克拉拉大喊一声,把特洛伊拴在链子上。

鲍利期待着——盼望着——一种肺腑之言。克拉拉对母亲情深心实,所以,有时觉得她有点儿,呃,她母亲过于自信,因而不能理解别人也是——也是——"像我一样可笑。"克拉拉脱口而出(狗把她拽向前去)。鲍利觉得她看上去像个女猎手,心里琢磨应当是哪个——发间有一缕月光的、脸色苍白的处女,这是鲍利转瞬即逝的遐想。

她的脸红了。直言不讳地议论自己的母亲——不过,只是对鲍利先生而已。鲍利先生爱她,谁见了她也一定会爱她的;但是,对她来说,说出来倒不合情理,然而她成天觉得,她又必须告诉什么人,这种感觉真要命。

"等我们过了马路再说。"她弯下腰,对狗说。

幸好那一刻她又恢复了平静。

"她对英国想得太多,"她说,"她太急于——"

像往常一样,鲍利又上当了。克拉拉决不对任何人推心置腹。

"为什么年轻人总不把事情敲定,嗯?"他想问,"尽谈英国干什么?"——一个可怜的克拉拉无从回答的问题,因为当达兰特太太和埃德加爵士讨论爱德华·格雷爵士的政策时,克拉拉一心纳闷儿的是橱柜为什么灰尘多,雅各为什么从不来。噢,考利·约翰逊夫人来了……

克拉拉会奉上精美的瓷茶杯,对此类奉承——在伦敦,她泡的茶真是无人能及——付之一笑。

"这是我们在布罗克班克商店买的,"她说,"在柯西特街。"

难道她不应该感激?难道她不应该快乐?尤其是因为她母亲风姿绰约,又津津有味地跟埃德加爵士议论摩洛哥，委内瑞拉等地的事儿。

"雅各！雅各！"克拉拉想；好心的鲍利先生，他一向对老太太们体贴入微，看一看，停一停，心里纳闷是不是伊丽莎白对她的女儿很严厉；心里还惦着博纳米，雅各——是哪个愣小伙呢？——克拉拉一说她必须调教调教特洛伊，他就一下子跳了起来。

他们来到老展览会旧址。他们看着郁金香。郁金香有层蜡光的幼苗破土而出，有的坚挺，有的卷曲，得到了滋养，也受到了扼制，红艳艳，粉嘟嘟的。株株有影相随；每一株都按园丁所设计的那样，工工整整地长在菱形楔子里面。

"巴恩斯决不会让它们长成那样。"克拉拉如此沉吟；她长叹一声。

"你在怠慢自己的朋友。"鲍利说，因为这时，有人正在对面走着举帽致意。她吃了一惊；对莱昂内尔·帕里先生的鞠躬做出回应；把为雅各涌动的柔情浪费在他身上。

（"雅各！雅各！"她想。）

"但是，如果我放开你，你就会叫车碾过去的。"她对狗说。

"英国好像没问题。"鲍利先生说。

阿喀琉斯雕像下的环形栅栏周围尽是淑女和绅士的阳伞和马甲；项链和手镯；他们风度翩翩地溜达，心不在焉地观察。

"'本雕像系英国妇女所立……'"克拉拉念出声来，轻轻地傻笑了一声，"噢，鲍利先生！噢！"嗒、嗒、嗒——一匹没人骑的马儿疾驰而过。马镫乱摆；碎石四溅。

"喂，抓住！抓住它，鲍利先生！"她喊道，脸色苍白，浑身颤抖，抓住他的胳膊，浑然不觉，眼泪夺眶而出。

"啧啧！"一个小时后，鲍利先生在他的更衣室里说，"啧啧！"——既然他的侍从在给他递衬衫饰钮，这种评说，尽管没有表达清楚，意义却非常深刻。

十三

朱丽娅·艾略特也看见马儿脱缰跑了，便从坐椅上站起来看事情的结局。既然她出身于一个体育世家，她觉得这种事未免有点可笑。毫无疑问，这个小个子男人步履沉重，跑在后面追赶，裤子上全是土，一副气急败坏的样子；正当一名警察把他扶上马时，朱丽娅·艾略特带着一丝讪笑，转向大理石拱门去做她的善事去了。其实只不过是去探望探望一位生病的老太太，此人认识她母亲，兴许还认识威灵顿公爵；因为朱丽娅像跟她同性别的人一样，怜痛惜苦；喜欢看望弥留之人；在婚礼上扔鞋①；多听一些知心话；对名门世系了如指掌，如数家珍，比学者对日期还要熟悉，是最善良、最慷慨、最少节制的女人之一。

然而，走过阿喀琉斯雕像五分钟之后，她显露出了一个在夏日的午后挤过人群的人的痴迷的神色，此刻，树叶飒飒，车轮滚滚，黄土飞扬，现时的喧嚣宛如一曲逝去的青春和过往的夏日的挽歌。她心中油然升起一种莫名的悲哀，仿佛时间与永恒通过裙子和马甲展示出来，她看见人

---

① 婚礼上扔鞋是西方一种习俗，表示吉利。

们可悲地走向毁灭。然而，天晓得，朱丽娅可不是傻子。天下没有比她讨价还价时更精明的女人，她总是那么守时。手腕上的表告诉她必须在十二分半钟之内到达布鲁顿街。康格里夫夫人五点等她。

韦雷餐厅的镀金钟正敲五点。

弗洛琳达盯着它，神情呆滞；酷似一只动物。她瞧瞧钟；再看看门；又照照对面的长镜子；脱去披风；靠近桌子，因为她有孕在身——这一点不容置疑，斯图尔特大妈说，还给她推荐了药物，咨询过朋友；倒了，因为她从地面上飘然而过时，鞋跟绊了一下。

侍者把她要的一杯淡粉色甜饮料放下；她用吸管吸着，眼睛盯着镜子，盯着门，现在，甜味缓解了她的疼痛。尼克·布拉姆汉进来了，显然，他们之间有一笔交易，就连年轻的瑞士侍者也一目了然。尼克笨手笨脚地把衣服挂在一起；用手指捋了捋头发；坐下，神情紧张，准备赴汤蹈火。她看着他；开始笑起来；笑呀——笑呀——笑呀。年轻的瑞士侍者交叉双腿，倚着柱子站着，也笑了。

门开了；摄政街上的喧嚣夺门而入，车辆的喧嚣，不通人性，不知怜悯；阳光中尘埃弥漫。瑞士侍者得去招呼新来的客人。布拉姆汉举起酒杯。

"他像雅各。"弗洛琳达望着那位新客说。

"他盯人的那副样子。"她收起了笑声。

雅各弯下身子，在海德公园的尘土中画了一幅帕台农神庙的平面图，至少是纵横交错的一些笔画，也许是帕台农神庙，也可能是一幅数学图表。为什么角落里的石子儿被碾了进去？他掏出一沓纸，读一封洋洋洒洒的长信，这并非清查他的札记。信是桑德拉两天前在弥尔顿·道尔饭店写的，写信时，面前摆着他的书，心中装着对说过的或试着做过的一些事情的回忆，去雅典卫城的路上黑暗中的某一瞬间，永远事关重大（这是她的信条）。

"他像莫里哀书中的那个人。"她沉吟着。

她指的是阿尔塞斯特[①]。她的意思是他很严肃。她的

[①] 莫里哀喜剧《愤世嫉俗》中的男主人公。

意思是她能蒙他。

"还是我不能呢?"她想,把多恩的诗集放回书架,"雅各,"她继续想着,走到窗边,眺望着草地那边花花搭搭的花坛,草地上花斑母牛在山毛榉树下吃草,"雅各会吓坏的。"

一辆婴儿车穿过栅栏上的小门推进来。婴儿吻着她的手;在保姆的指教下,吉米挥着他的手。

"他是个小男孩。"她说着,想到了雅各。

可是——阿尔塞斯特?

"你真烦人!"雅各咕哝着,先伸出一条腿,随后又伸出另一条腿,在裤兜里摸他的座椅票。

"我想是叫羊吃了,"他说,"你干吗要养羊?"

"对不起,打扰您了,先生。"收票员说着把手伸进那一大袋小钱里。

"哼,我希望羊给你票钱,"雅各说,"给你。不。你尽管拿着。去喝个一醉方休。"

他怀着宽洪大量、悲天悯人之心给了半个克朗,又对他的同类显出鄙屑的神情。

即使现在,当可怜的范妮·埃尔默走在滨河大道上时,还要以她那无能的手段应付他那副大而化之、高不可攀的态度,他和铁路看守或脚夫说话,用的就是这种态度,怀特霍恩太太在小儿子被校长打了以后向他讨教时,他说话也是这种口气。

过去的两个月中,全靠着明信片的支撑,范妮对雅各的意念比以往更具雕像色彩、更高尚、更没有眉目。为了加深印象,她养成了参观大英博物馆的习惯,在那儿,她双目低垂,一直走到残破的尤利西斯身边,才猛睁双眼,获得一种雅各到来的新鲜震撼,足以在她心里持续半天。但是这也在慢慢地失去兴味。现在,她——写诗,写信,但只写不寄,在广告牌的广告上看到他的脸,穿过街道,让手摇风琴把她的沉思化为狂想曲。但是,吃早餐时(她和一名教师共室),当黄油涂满盘子、叉头黏上老蛋黄时,她又激烈地修正了这些印象;其实,她脾气很坏;正如玛杰丽·杰克逊所言,气色大损,把一切都降格(就像她系她那双笨重的靴子的鞋带那样）到一种常识、庸俗和多愁善感的水平；因为她也一直爱着；而且本来就是一个傻瓜。

"教母应该告诉人们。"范妮边说边往滨河大道上卖地图的培根的橱窗里看——告诉人们大惊小怪于事无补；这就是人生，她们应该说过，正如范妮现在所言一样，同时注视着标有轮船航线的大黄球。

"这就是人生。这就是人生。"范妮说。

"一张奇丑无比的脸，"巴雷特小姐想，她在玻璃的另一边，买几张叙利亚沙漠地图，等着接待，很不耐烦，"女孩子这年头很快就显老。"

泪眼迷离，赤道游动起来。

"去皮卡迪利吗？"范妮问公共汽车的售票员，然后爬上顶层。不管咋样，他会，他必须，回到她身边。

然而，当雅各坐在海德公园的悬铃木下时，也许想到的是罗马；建筑；法学。

公共汽车停在查令十字外面；后面已塞满了公共汽

车、货车、小汽车，因为一列举着旗子的队伍正向白厅挺进，年长的人动作僵硬，从滑溜溜的狮爪中间爬下来，他们一直在那里验证他们的信仰，一直在引吭高歌，一边唱一边抬头仰望天空，当他们跟在金字标语后面前进时，眼睛仍然望着天空。

交通停了，太阳因为不再有微风吹拂，简直酷热难当。然而队伍过去了；旗帜远远地在白厅方向闪亮；车辆松动了；先蹒跚而行；继而卷向持续不断的喧闹之中；在鸡距街的弯道上突然转向；从政府办公楼及骑马雕像前疾驰而过，驶过白厅大道，奔向多刺的尖塔、拴住的灰色舰队似的砖石建筑，和威斯敏斯特的大本钟。

大本钟长鸣五声；纳尔逊接受致敬。海军部的电话线由于跟远方通话而颤动着。一个声音不断宣讲各国首相和总督在德国国会的讲话；进军拉合尔；说皇帝在旅行；在米兰，发生了暴乱；说在维也纳，谣言四起；说驻君士坦丁堡大使觐见了苏丹王；舰队在直布罗陀。声音在继续，白厅的公务员（蒂莫西·达兰特也是其中之一）一边听，一边译，一边记，脸上印着此处特有的坚忍不拔的严肃。

文件堆积如山，注明是德国皇帝们的言谈，稻田的统计数字，成百上千工人的怒吼，幕后密谋的叛乱，或者是加尔各答集市上的集会，或者是阿尔巴尼亚高地上部队的集结，那里的山色沙黄，尸骨横陈。

安静的方屋，笨重的桌子，那声音讲得明明白白。一位长者在打字稿的页边写批语，他的银头伞靠在书橱上。

他的脑袋——歇了顶，血丝纵横，双颊凹陷——代表这幢楼里所有的脑袋。他的脑袋，嵌着一双亲切的浅色眼睛，装着知识的重荷，走过马路；把重担卸在同事们面前，而他们来的时候，也是同样的不堪重负；然后，这十六位绅士，提起笔来，或者，也许十分疲倦地在椅子里扭动着，裁定历史进程应当朝哪个方向发展，因为如同他们的面孔所表明的那样，他们果敢地决定将某种凝聚力强加给拉甲和皇帝们，以及市场上叽叽咕咕的抱怨和阿尔巴尼亚高地穿着苏格兰褶裥短裙的农民的秘密集会，而这在白厅则洞若观火；从而控制事态的进展。

皮特和查塔姆，伯克和格莱斯顿，用固定的大理石眼睛左顾右盼，摆出一副也许会让活人嫉妒的不朽的宁静神气，因为当举着旗子的队伍走过白厅时，口哨声和震荡声沸反盈天。再说，有几个为消化不良所苦；有一个正好此刻打碎了眼镜；另一个明天在格拉斯哥演讲；总之，他们看上去不是太红，太胖，太白，就是太瘦，无法像几个大理石脑袋那样掌握历史进程。

蒂米·达兰特在海军部他的小房间里，正要查阅一本蓝皮书，却在窗前停了片刻，注视着绑在灯柱上的公告。

打字员托马斯小姐，对朋友说，要是内阁会议还要开下去，再不散会，她就与快乐剧院外面等她的男朋友失约了。

蒂米·达兰特，腋下夹着他的蓝皮书走回来时，注意到街角有一小撮人；聚成一团，好像其中有人了解什么情况；其余的挤在他周围上下打量，又朝街道东张西望。他到底了解些什么情况？

蒂莫西把蓝皮书搁在面前，研究起财政部送来的一份要求提供情报的文件。他的同僚克劳利先生把一封信插在一根烤肉扦子上。

雅各从海德公园里的椅子上站起来,把票撕碎,走了。

"夕阳无限好,"佛兰德斯太太给新加坡的阿彻写信,"呆在屋里于心不忍,"她写道,"浪费一分一秒似乎天理难容。"

雅各走时肯辛顿宫的长窗上红霞似火。一群野鸭从蛇形池上飞过;树木顶天而立,黑糊糊一片,极为壮观。

"雅各,"佛兰德斯夫人写道,红光映在信纸上,"完成他的快乐之旅后,工作努力……"

"皇帝接见了我。"悠远的声音在白厅里说。

"如今,我还认识那张脸——"安德鲁·弗洛伊德牧师说着从皮卡迪利的卡特商店里走出来,"但到底是谁——?"他瞅瞅雅各,回过头来再看看他,但还是确定不了——

"噢,雅各·佛兰德斯!"他猛然想起来了。

但他这么高;如此漠然;好一个帅小伙。

"我给了他一本拜伦诗集。"安德鲁·弗洛伊德沉吟着,起步向前,雅各穿过了马路;但就是这么一犹豫,时间稍纵即逝，机会失之交臂。

另一支不打旗号的队伍堵住了长亩街。戴着紫水晶饰品的淑女和点缀着康乃馨的绅士乘坐的马车，截住了转向相反方向的出租车和小汽车，里面歪着身穿白马夹、心力交瘁的男子，他们在回普特尼与温布尔登的灌木林和弹子房。

两架手摇手风琴在路边演奏，马儿从奥尔德里奇家出来，屁股上带着白色标记，横跨马路，又被猛地勒住了。

达兰特太太和沃特利先生坐在一辆汽车里，显得不耐烦，生怕错过前奏曲。

但沃特利先生总是温文尔雅，总会按时到场听到序曲，他扣好手套，赞赏着克拉拉小姐。

"如此良宵竟在剧院里度过，真不像话！"达兰特太太说，因为看见长亩街上马车制造商的橱窗个个金光万道。

"想想你的荒原！"沃特利先生对克拉拉说。

"啊！但克拉拉更喜欢这个。"达兰特太太大声笑了。

"我不知道——真的。"克拉拉边说边瞅红光闪耀的橱窗。她吃了一惊。

她看见了雅各。

"谁?"达兰特太太凑向前来厉声问道。

但她谁也没看见。

歌剧院拱门下,胖脸和瘦脸,涂脂抹粉的和须发浓密的,在落日的余晖映照下,一律红彤彤的;大吊灯发出收束过的淡淡的黄光,脚步沉重,鲜红一片,仪式隆重,受到这一切的激发,有些女士一时向附近热气蒸腾的卧室里张望,那里有披头散发的女人们探出窗户,那里有姑娘们——那里有孩子们——(长镜子把女士们的身影悬起来了)但人们必须跟上;人们不可挡道。

克拉拉的荒野可真够美的。腓尼基人在他们灰色的石堆下酣睡;老矿的烟囱直指苍天;早生的飞蛾模糊了灰色欧石南;能听到车轮在下面,远处碾过路面;海浪在吮吸,在叹息,轻声柔气,永不停息。

帕斯科太太站在她的白菜园里,手搭凉篷,眺望大海。两艘汽船和一艘帆船擦肩而过;海湾里,海鸥不断地

十三　279

落到圆木上,又高高飞起,再飞回圆木,而有一些则跨在浪尖上,立在水沿上,直到月光把一切染白。

帕斯科太太早就进屋去了。

但红光照在帕台农神庙的柱子上,编织长袜的希腊妇女时而喊回一个孩子,把头上的虫子捉掉,个个欢天喜地,如同暑天的崖沙燕,或争争吵吵,或骂骂咧咧,或给宝宝喂奶,直到比雷埃夫斯港的船开炮才回家。

随着阵阵爆炸,炮声隆隆,传向远方,穿过海岛之间的峡湾。黑暗像把刀,悬在希腊上空。

"炮声?"贝蒂·佛兰德斯说,她睡得迷迷糊糊,下床走到窗前,窗户上装点着暗色的叶穗。

"不在附近,"她想,"在海上。"

她又一次听到了那砰砰的闷声从远处传来,仿佛上夜班的女工在敲打大地毯,莫蒂杳无音讯,西布鲁克一命呜呼;她的儿子们正在为祖国作战。可小鸡是不是安全?楼下是不是有人走动?丽贝卡闹牙痛?不。是上夜班的女工在敲打大地毯。她的母鸡在架上轻轻挪窝。

十四

"他让一切原封未动。"博纳米惊讶不已。

"什么都没收拾,信全乱扔着,谁都可以读。他等什么?他想他会回来?"他站在雅各房间的中央沉吟着。

十八世纪自有它的不同凡响之处。这些房子大概是在一百五十年前修建的。房间造型美观,天花板很高;门口上方有一个木雕,不是一朵玫瑰,就是一个公羊的颅骨。就连窗格都漆成了绛紫色,不同凡响。

博纳米捡起一根猎鞭的账单。

"好像付过钱了。"他说。

这些是桑德拉的信。

达兰特太太正去格林尼治参加晚会。

罗克斯比尔夫人渴望人们助兴……

空荡荡的房间里,空气也懒洋洋的,刚刚能把窗帘鼓起，敞口瓶里的花儿常换常新。藤椅上的一根筋在嘎吱作响，尽管上面没有坐人。

博纳米走到窗前。皮克福德的货车在街上摇摇晃晃地驶过。公共汽车在穆迪图书馆角落上挤成一堆。发动机在颤动，赶大车的猛地刹车，突然勒马。一种刺耳难听的声音喊着胡话。突然间，所有的树叶似乎都竖了起来。

"雅各！雅各！"博纳米站在窗口喊。树叶又耷拉了下来。

"到处都乱糟糟的！"贝蒂·佛兰德斯，猛地把卧室门推开，惊叫着。

博纳米从窗口转过身来。

"我拿它怎么办，博纳米先生？"

她拎出雅各的一双旧鞋。